菊と葵

――後水尾天皇と徳川三代の相克

田中剛・著

ゆまに学芸選書
ULULA
6

ULULA：ウルラ。ラテン語で「ふくろう」。学問の神様を意味する。
『ゆまに学芸選書 ULULA』は、学術や芸術といった様々な分野において、
著者の研究成果を広く知らしめることを目的に企画された選書です。

目次

目次

菊と葵——後水尾天皇と徳川三代の相克

序章　天下人

めったに見ることのできぬ壮麗な落日だった。

大御所徳川家康が駿府で没した。七十五歳の大往生。元和二年（一六一六）四月十七日。何百年に一度の新しい時代の転換期に生まれ、育ち、苦しみ、戦い、最後の勝利を見とどけてその生涯に幕を閉じた。

いくたびか死線を越えた。文字どおりの死線、目立ったものだけでも四度――幸運もあった。天の配剤としか言いようのない巡り合わせの妙に、この男は恵まれてもいた。

天下餅という名の餅は、搗きはじめは織田信長、中継ぎは豊臣秀吉、まとめ役は徳川家康と、役者が揃ってこそ出来上がったのであるが、この配役は神様だけにしかできなかった。

とにかく、最後に登場してピシッときめ、大見得をきった千両役者は徳川家康。もうこのあとは、割れるような拍手に送られて、花道から消えていけばいい。

しかしあと一つだけ、目の黒いうちに見とどけておかねばならぬものがある。家康はそう思った。孫の姫の「入内《じゅだい》」のことである。秀忠はなかなかの珠を懐《いだ》いておる……その珠をぜひとも生かしたい。

「それ、何のこと?」

聞くだけ野暮である。

天下人ならひとしく思うこと。

平清盛はそれを果した。徳子を高倉天皇に輿入れさせて、安徳天皇を生ませた。源頼朝も負けじとあとにつづこうとした。大姫を後白河のもとに送りこもうとしたが、姫は若くして逝き、事は成らなかった。のちのちの天下人もみな類似のことをこころざした。足利義満などはもっと高望みをしたし、織田信長、豊臣秀吉なども、それぞれの手口で朝廷への接近を図った。天下の実権を掌握した者にとって、目の上にあるのは朝廷だけであった。それを思うままに操って甘い汁を吸うのは、それと姻を結ぶ者だけである。それを乗っ取ろうとするのは不可能に近い。

余命いくばくもなしとなると、その思いはつのり、家康は秀忠の姫の入内のことを急いだ。天下の大勢はすでに徳川氏に傾いている。風前の灯のような大坂城にこもる豊臣氏に対する事へと同時並行のような形で、内裏への接近は着実に進められていた。衝にあたった家臣たちのめざましい働きの甲斐もあって、実はこちらの方が一足先に結着がついた。

慶長十九年（一六一四）三月八日、待望の入内の内示は朝廷から下された。

同年の暮の十二月六日、大坂冬の陣が始まったがほどなく休戦となる。休戦の条件通り、ただちに壕の埋め立ては始められ、それは昼夜の別なく強行された。裸の城となってしまっては、天下の名城にも明日はない。夏の陣は長くはもたなかった。大坂方の決死の奮戦により、一時は総大将家康の命をおびやかすに至るまで死闘はくりひろげられたが、豊臣氏敗亡の日は意外に早くきてしまった。

慶長二十年（一六一五）五月七日、淀君・秀頼母子の命は、天を焦がす紅蓮の炎とともに絶え果てた。秀頼二十三歳、淀君四十九歳。虚空に舞い上がる深紅の火炎は、その日いつまでも長く、京都御所の清涼殿からも望見できたことを記録は伝えている。

大御所家康の死は、その日から丸一年とはたたぬ後のことであった。

第一章　遠い曙

佳人窈窕《ようちょう》

人間の欲望に際限はないものか。徳川家康は孫の姫の入内のことが決まりかけた頃から、朝廷の権威への介入に本腰を入れ始める。大寺の特にすぐれた高僧に与えられる紫衣《しえ》というものがあり、建長元年（一二四九）の昔から天皇直々に下賜されるものと決まっていた。紫衣は勅許によってのみ授受されるものであるがゆえに、双方に特に強い思い入れがあった。それに対し幕府は、慶長十八年（一六一三）に法度を発令し、「勅許の前に幕府の同意を要するものとする」と定めた。さらに元和元年（一六一五）、「禁中並びに公家諸法度」を発し、諸国武士団のみならず、朝廷側の内部事情にまで容喙《ようかい》しはじめるのである。

公武合体――望んだのは徳川方。朝廷側はどうでもよかった。家康の方があの手、この手で迫った。

強いられるほど気は重くなるものだが、権力と財力にモノを言わせて、根気よく巧みに攻められると、兜を脱がざるをえなくなる。先帝後陽成《ごようぜい》は不承々々家康の前に屈した。受けついだのは後水尾《ごみずのお》である。この方はまたまた兵馬のことは好まず、殊に関東に強い反発を感じるところがあった。それは直前の権力者・豊臣秀吉が心憎いまでに上手にふところにとびこんできて、憎からぬところがあったことにもよる。その豊臣を蹴落とした家康の手口が、何とも陋劣だったという印象が内裏にはあった。方広寺の鐘銘「国家安康君臣豊楽……」に難癖をつけて無残にも潰滅させた。京の都に秀吉が遺そうとしたものを家康はことごとく破却した。滅び去ったものに対する哀惜追慕の情に反比例して、徳川に対しては憎悪の思いがつのる。豊臣人気が予想外に根強く、禁中のみならず京の町全体を覆っているのを知るにつけ、徳川方は躍起となる。豊臣に追いつき追い越せの気運は、日一日と高まってくる。

徳川和子《まさこ》（和子＝まさこ、かずこ、わこ。古くはわし、かし）入内の儀は、先帝後陽成より大御所家康に対し、慶長十九年（一六一四）待望の勅許が下り、つとにめでたく決まっている。そして京の内裏では、春風駘蕩の歳月がゆるやかに流れていたのであるが、徳川の陣営では、生死を賭けての殺伐な日々が続いてきたのであった。大坂冬の陣、夏の陣があり、豊臣氏の滅亡があり、あとを追うようにして一年足らずのうちに大御所家康の死が続いた。

帝のもとに嫁ぐ運命《さだめ》を担うことになった徳川の姫和子は、世の一切の風波をよそに順調に健やかに育っていた。日一日と奥ゆかしさのうちに、匂いたつ艶やかさを増してくるように見えた。たまさかに姫を見る父・秀忠でさえも目を見張るものがあった。御台所お江《ごう》の方の目にも、まことおだやかな歓びの色があふれてくるようになった。お江の眼の光の中に、かつては時にかすめた冷ややかさを、今はまったく見ないにつけ、将軍秀忠はただ嬉しかった。大いに心和み、やがて浮きたってくる己を抑え得なかった。

花の便りを送りたい。蕾はふくらみを増してくる。江戸城の主はそう思っても京からは何の音沙汰もない。

秀忠は真剣に考え始めている。話を進めたい。内示が下ってから年が経った。話のきっかけがどこからかポンと出ても、不思議はない頃合いである。

いやすでに京都所司代は動きだしていた。板倉伊賀守勝重《いたくらいがのかみかつしげ》は意を解していた。ただ勝重の頼りとするところは、武家伝奏・大納言広橋兼勝《だいなごんひろはしかねかつ》卿である。勝重は広橋邸を訪ね、打ち合わせに入ったが、話は意外な展開を見せる。いつの間にか二人は顔を寄せ合うようにして、夜の更けるのも忘れて会談するに至った。雷鳴のはげしい夜であった。苦衷に顔を歪める大納言から勝重の聞き出したものは、彼の脳天を打ち砕くものだった。

主上・後水尾には、寵《ちょう》を惜しまぬ佳人がおありである。

――明るみに出てきた事実はこのようなものであった。その名はお与津《よつ》さま、正しくは典侍《すけ》・藤原与津子、権大納言四辻公遠《よつつじきんとお》の女《むすめ》。美しく素直でやさしい。すでに賀茂宮《かものみや》といういとけない皇子がおありになる。さらにお与津さまには第二子ご懐妊中である。

このような話を江戸へ送らねばならぬとは、勝重は夢にも思っていなかった。驚天動地の大騒ぎが起こることが、勝重の目には見えた。禁中の古来からのしきたりによれば、ごくあたりまえで何ら不思議とするにはあたらない。和子は今年十二歳でこの時代の適齢としても、お相手の帝は十一歳年長だから二十三歳。宮中の慣例によれば、十代後半ごろから后妃をお持ちになることは、むしろ通例である。そのようなことを武家伝奏は知らぬわけはなかった。所司代勝重も世故に長けた人物ゆえ同様である。

将軍家のみならず大名家あたりでも似たようなことは行われていたはずなのだが、今の二代目夫妻の場合はちょっとちがう。殊に御台所お江の方の意識が格別であるうえ、夫の将軍秀忠も素直に調子を合わせているところがある。事は容易でないと勝重は思った。しかし時をおくわけにはいかぬ。

高虎参内

鼎の沸くがごとき騒ぎが江戸城をゆるがせた。所司代勝重の憂えたとおりであった。江戸城の全智全能をあつめて対策が講じられる。奸智、謀略にかけてはこの人の右に出る者のない、黒衣の宰相の異名を持つ崇伝《すうでん》を筆頭に、百論がたたかわされ百策が講じられた。結論が出た。さしあたりはこれでいく。

入内延期――。

含みはある……。

大命を帯びて上洛することになったのは、藤堂和泉守高虎《とうどういずみのかみたかとら》であった。将軍秀忠の意中をもっともよく察し、神君家康以来の幕府の悲願とする将軍の姫の入内にかける熱い思いのほどが、芯からわかる男として、これにまさる人はない。文句なしに白羽の矢が立った。

伊勢伊賀三十二万石の太守である。なに、外様ではないか。譜代にいくらでも人がいようが、どうしてわざわざ外様大名を……。世の中のことは単純に表面のことだけではいかない。ウラがあり、ヒダがある。この人は何かを押さえている。

千軍万馬の老練の将・高虎も、初めての参内である。緊張する。心を静め襟を正して、歩を進めた。結論は明快である。〈入内延期〉の四文字に尽きるのだが、複雑なものを含んでいる。円満成就を願う赤心を内に秘めて、黒い威圧の風合を漂わす。言葉は少なく時間は短い方がいい。高虎は事実、そのとおりにして禁中を退いた。

幕府は策を練った。事態の推移に対応する具体策は限りなくある。すでにいち早く「公家衆法度」は定めてある。発布は慶長十八年（一六一三）六月十六日。五条から成る法令の第一条では、公家は家々の学問を昼夜油断なく励むよう、というものである。しかし殊に言いたかったのは、そのあとのこと。風紀の乱脈、良俗の欠如、道義の衰退が、ここのところ京では目にあまる。それを規制するのがこの法度の眼目である。長い動乱と貧困の時を経て、ようやく安泰と平穏の時を迎えた。最大の被害地であった京都ではその反動が殊に強い。「公家衆法度」に続く第二号の法度は、「禁中並びに公家諸法度」である。これは十七条から成り、第一条では「天子諸芸能の事、第一はご学問なり」と天子自らのことにまで口を出す。以下ことこまかに規制の実が上がるよう巧みに工夫されている。表面のみを見れば、幕府の横暴、専断も甚しいと見えるが、裏にはこの時代特有の「規範となるものからの外《はず》れ」ともいうべき現象が、禁中を横行していた事実はある。新しい時代の権力者となった徳川幕府には、この「世直し」運動の推進者のような自覚と驕りがあった。威張りや脅しが強くなれば、昨日まで女歌舞伎や白拍子のたぐいに現をぬかしていた事実はあろうとも反発する。居直りもする。「入内延期」を内裏へ通告しておいて、時間がかかったのは、幕府はこれらの法度をいかに有効に運用するかに腐心していたからである。

ここで間《あい》の手が入る。

元和五年（一六一九）六月のことである。将軍秀忠は上洛中であった。幕府は次に打つ手を考えて時機を狙っていたところである。タイミングが吉というべきか凶というべきか、新たな情報が入った。

お与津ご寮人には第二子をご出産されたという。このたびは皇女《ひめみこ》で、梅ノ宮と申しあげるという。半ばわかっていることであったが、聞き逃すわけにはいかない。

藤堂高虎に再びの出番がきた。主命を帯びて参内する。対するは近衛信尋《このえのぶひろ》、時に二十一歳。近衛信《のぶ》尹《ただ》の養子となっているが、後陽成天皇の第四皇子、後水尾のすぐ下の実弟である。

「先帝後陽成よりわが先君家康公にたまわりました入内の内示は、徳川方におきましては、固く拝受して準備を怠りなく進めておりますこと、いささかも変わりはございません」

「……」

徳川の方では昨年、入内延期を藤堂高虎の口から言明してきたのみで、その後何の意志表示もない。

後水尾のお言葉が近衛信尋を通じて高虎に伝えられる。

「譲位したい。入内が延期になるとのことは、さだめてわれの行跡が、秀忠公のお心にあわぬゆえと推量する。それは双方ともに面目を失う仕儀である。われには弟もあまたいることゆえ、誰か一人を即位させ、われは落飾して（出家して）逼塞（ひそかにくらすこと）すればすむことである。入内を延期するなら、そのようにとりはからってもらうよう、藤堂和泉守に伝えてほしい」

信尋を通じて高虎に伝えられた後水尾のお言葉の要旨は以上のとおりであった。

やがて徳川方の返した回答は次のような形のものであった。法度を発動させることで、帝への返事としたのであった。元和五年（一六一九）九月十八日、「禁中並びに公家諸法度」に背いたという廉により、後水尾天皇に親しかった公家衆を処罰した。流罪四人は次のとおり。

万里小路《までのこうじ》入道桂哲《けいてつ》、四辻《よつつじ》中納言季継《すえつぐ》卿、高倉《たかくら》中将嗣良朝臣《つぐよしあそん》、堀川《ほりかわ》中将康胤《やすたね》朝臣。

嵐のような処罰を耳にして、後水尾天皇の衝撃は激しかった。直ちに身近な公家衆を召集する。駆けつけた近衛信尋、土御門泰重《つちみかどやすしげ》、その他数名の公家を前にして、帝はどうにもならぬ鬱憤をぶちまけるだけであった。

「いったい何ごとぞ。何の対応もできなかったと申すか」

「十七日の夜、流人ありと突然聞かされましたのみにて……」

「徳川に何ゆえこのような処罰を受けねばならぬ」

「お上には申しにくいことながら、すべては世の流れにて……」

それだけで終れば、まだ後水尾も我慢ができたかも知れない。幕府はもっと先を行く。

肝心のお与津さま母子も、音もなく、と言いたいが、生き身をひき裂かれる思いで、ほどなく御所から姿を消していかれた。帝と殊に親しかった御学問所の常連の公家衆も、容赦なく相次いで追放の憂き目にあう。さらに、お与津さまのおん兄二人の公家衆も、将軍秀忠の命のままに、ピタリ参内はかなわぬ身となられた。

処分は非情にして酷薄、その狙うところは公家の風紀紊乱を天皇の所業と結びつけ、譲位の意向を完全に封じこめるのが、幕府の最終目標だった。

なお後日談となるが、お与津所生の皇子・賀茂宮《かものみや》は五歳にて夭折。皇位継承者から外され、皇統譜にも名を残さなかった。

これら衝撃的な事件が嵐のようにすぎ去った直後、幕府は部内の人事更迭を行う。京都所司代板倉勝重を罷免する。勝重は武家伝奏とも気脈よく通じ朝廷の信任も厚かった。それゆえにという意味の強い更迭である。但し、新任は実子・重宗である。勝重は禁中でわが子を紹介した。

「愚息・重宗が新所司代となることになりました。よろしくお願い申します。但し、わたくしよりも将軍家のおめがねにかなって上洛したものにござります」

過去の情実を断ち新強硬路線の発足を宣言するような内容を、巧みに織りこんだ異風の紹介の辞であった。頭を低くして公家衆の好意にすがらなければ生きてこられなかったのに、時代がいつのまにか変わってきた。自分でも少しは厭な気になりながら、宮仕えの身の悲しさ、新風を吹きこめとの特命を帯びて着任してきたわが子を、引き合わせた。重宗は三十四歳、覇気にあふれ、将軍じきじきに込められてきたハッパが身内で疼いていた。

一方、ますます我慢ならないのは後水尾の方である。五体の底から噴き上げてくる怒りの炎を、どうにも抑えがたい。

お与津さまとお子たちに思いが及べば、なおいっそう徳川に対する憤怒の火は燃えさかる。可憐な者たちへの悲傷の涙がこみあげてくる。流人になった者たちへの思いはさらに複雑である。長く苦しい旅路と、荒涼とした鄙《ひな》の暮しの惨めさに思いが至れば身がすくむ。

「我慢がならぬ。何の因果でこのような屈辱に堪えねばならぬのか」

尖った言葉が側近に飛ぶ。暗く、寒く、冷たい日々が宮中で流れた。


「譲位する！　幕府にそう伝えよ」

それで万事すむではないか。自分の不器用さゆえにこういう事態になった。自分の所業がまずかったために、将軍の気をそこねた。わたしが位を降りれば、新しい道がいくらでも開ける。後水尾の言い分はこうであった。


年が明けた。元和六年（一六二〇）二月二十一日。大任を帯び、三たび上洛したのは藤堂和泉守高虎であった。後水尾の「譲位宣言」に応えるため、究極の使命達成のためという、高虎崖っ淵に立っての参内、最初から顔面に一種悲壮の気が走っている。

参内した高虎を迎え、対座したのは右大臣近衛信尋《このえのぶひろ》、脇にひかえるのは中院通村《なかのいんみちむら》だった。信尋は近衛家を継ぐ身となっているが、帝の実弟である。中院通村はといえば、権中納言・中院通勝《みちかつ》の男《むすこ》、後水尾の側近の中でも殊によく心が通い、帝の信任の厚さは最高である。

丹田に力を入れて臨んだ高虎は、二人のあまりの若さを見て逆に心が怯みそうになったが、一つ大きく息を吸い勇をふるい起こした。深々と一礼すると、やや間をおいて言上しはじめた。

「藤堂和泉守高虎にござります」

声に力をこめ、よどみなく朗々と語ることに努めた。要旨はこうであった。
・帝のご譲位のご宣言はたしかに承りました。
・つとにご英名の誉れの高さは音に聞こえたところで、内裏の百官をお導き遊ばすのに無二のお方であると、ご期待申しあげております。
・それがしが主君・将軍秀忠公は、帝のご心中を察しかねております。
・このたび幕府のとりました公家さま方のご処罰の件は、「禁中並びに公家諸法度」に基づいてのこと。これにご立腹かとは察せられましても、これは冷静にご賢察たまわらねばなりますまい。
・諸法度は天下国家のために定められましたこと。幕府の一方的なとりきめではござりませぬ。朝廷側の責任ある方のご連署のもとに発せられております。
・それともその後ご翻意のおもむきでもございましょうか。
高虎が以上全部を、ひと息に述べたわけではなかった。適当な間があり、多少の応答らしいものがないわけではなかったが、近衛右大臣と中院通村の二人から、ほとんど明らかな反論らしいものはなかった。

「このたびの入内のこと、もしも不首尾に終りましたるときは……」

と高虎が一段と声高に語りかけたときには、二人の顔はとたんに引きしまり、

「何かわれらにも……」

と、頓狂な叫び声が、近衛右大臣の口から飛び出した。

「あなた方は何も……」

高虎が静かに言うと、とたんに表情が険しくなった。

「主上おん自らご遠島《おんとう》のことも……」

「何……」

二人の叫びに似た声が期せずして出た。

「まさか、いずこへ……」

「お遷りいただくところは、隠岐島……」

高虎の口からよどみなく出た。

「それはありますまい」

通村もあわてた。

「真剣な思いにござりまする。あくまで、ご翻意なければ、でござりまするが」

二人は顔面のひきつった顔を見合わせたが、次の瞬間、ギョッとして高虎の顔を見た。

「覚悟はできておりまする」

それまでにない大声を発した途端、形相が一変した。

「主上に対し奉り、かような言上を申し述べましたからには、覚悟はできておりまする」

見たこともない異様、不気味な表情を浮かべ、その面妖な顔面のあたりの空気を、ビリビリ震わせている。

「腹を切らせていただきます」

老練にして沈着不動のように見える千軍万馬の将が、その場で腹を切るほどの緊迫感で、

「腹を切らせていただきます」

と言い放った瞬間、完全に何物かが乗り移っていた。

芝居ではない。二人はそう思った。

「ぜひともご再考たまわりませ。ひとり将軍のみの所願ではござりませぬ。入内のことには、多くの人の子の深い深い思いもこもっておるのでござります。朝廷のおんためにも必ずいつの日にかなるものと、この高虎は信じておりまする」

静かに透る声で高虎がそう述べたとき、その顔貌にはもう先ほどの異次元の世界のような雰囲気はまったく消えて、山の湖のような穏やかさが漂っていた。

「伏してお願い申しあげまする。藤堂高虎今生のお願いにござりまする」

信尋は中和門院《ちゅうかもんいん》を訪ねた。信尋は後水尾の三歳下の弟であるから、二人にとってこの方は真の母親である。この人は今回のことを最も心配している人であったと言っていい。信尋は、通村とともに接見した藤堂高虎とのやりとりの概要を、できる限りつぶさに報告した。隠岐島云々の話が出たときには、母上の驚きは大きかったが、最終的には信尋の考え方に光を見出されたようで、安堵のご様子が見られたのであった。

幕府はもちろん、その厳命を受けて参内した藤堂高虎も、退くに退けない瀬戸際に立っていることが、高虎と会談した信尋と通村にはよくわかった。

帝のご憤怒を和らげ、徳川の姫の入内をご容認いただくには、まだまだ時間がかかる。信尋と通村の二人は、高虎との息のつまる真剣勝負の会談を通じて、幕府の入内にかける意気ごみの、想像を超える真摯さと真剣味がわかった。

しかし帝には帝の、第三者にはわからぬ意地と矜持がおありになる。信念と理想がおありになる。一分のスキもない、鉄壁な心魂の固さがおありになる。皇室千年の歴史の栄光も重圧も、玉体のすみずみにつまっている。われわれの力ではどうにもならぬところがある。二人はそう思った。

あくまでも帝が、その信念を曲げず己が思いをつらぬかれるならば、幕府はほんとうに帝を隠岐島にお遷し申すであろう。それでもかまわぬ、悔いはないと、帝は仰せになるやも知れぬ。しかしそのようなことが、今の世にあってよかろうか。幕府とてそれが本意ではない——信尋も通村も、何度同じ思いの堂々巡りをくり返したことであろう。

母上を筆頭にして、側近一同の円満解決を願う思いが、帝の心の琴線にふれはじめるには時間がかかった。何日かの後、ようやくにして帝から枢要諸卿にお呼びの声がかかった。近衛信尋、中院通村の他新たに中納言阿野実顕《あののさねあき》、土御門泰重《つちみかどやすしげ》の二人も加わって、入内について最終の協議が行われた。

四人の公家たちの意見は、事前におおよそまとめられていた。新たに加わった二人も、すでに信尋と通村から、先日の藤堂高虎参内の一件の一部始終を聞いていたから、すでにほぼ共通の結論に達していた。

信尋と通村が、新入りの二人に語った話の概要は次のようなものであった。

・帝に譲位宣言の撤回をお促し申す他はない。いかほど思いめぐらしてもそれしかない。譲位のことは白紙に戻し入内をお受け入れになるほか、収拾の道はない。

・お受け入れ願えねば、腹を切って果てる覚悟でござる、と言い切った藤堂高虎のあの言上は、あの場に身をおかず、セリフのみお聞きになる方には通じにくい。大仰な脅しと思われようが、あのときの一瞬の殺気は、今思いだしても身震いする。

・譲位の撤回なく入内の拒否をつらぬかれれば、あの仁が禁中での割腹の挙に出ることも考えられぬではない。禁中ではともかく、江戸にては必ず実行する。真実、生死のかかった言上であったことは間違いない。
・幕府の入内にかける意気ごみの必死さは格別のもの。
・われらすらその辺の深奥の部分は忖度しがたいところである。それを帝が、どこまでお分かりになられるか。
・帝のご気性のほども、玉座に対するご自覚のほども、われらの想像を超えている。
・幕府にそれを分からせることは至難の業である。両者の溝は深い。

四人の共通の認識は定まり、いよいよ拝謁、協議に入る。やはり話はすんなりとはいかない。時の経過が、事をたやすくしてくれるところがあるかとも思えたが、それゆえにご当人にとってはよけいに複雑化しているところもあり、思いのほか難航した。長い時間のすえ、四人の願うとおりの結果に達することはできた。帝は譲位を撤回し入内はすすめることに決定された。最後に帝は一つ注文をつけることを忘れない。処罰を受けた全員の釈放を行うこと――これは勅勘という形で行われているが、実質は幕府主導で行われていることは周知のとおり。帝の命により戻すという力は帝にはない。

譲位撤回、入内の準備万端推進のこと――この朗報は直ちに幕府に通告される。所司代も武家伝奏もみな安堵の胸をなでおろした。

お与津さまのことが明るみに出たのは、一昨年のことになる。元和四年（一六一八）六月二十一日だった。それから二年たって、ようやく幕府念願の和子さま入内の日を迎えることができるようになった。

この二年間に殊に宮方の関係者はずいぶんあの手この手とふりまわされ、あらゆる辛酸をなめさせられた。入内延期を幕府が言い出しておいてからの、諸法度の非情な運用のため今も何人の公家衆が思わぬ悲運に泣き、みじめな忍従を強いられていることか。

助かった公家衆がふと外に目をやると、新しく地拵えした内裏の東側に、朝日にきらめくように真新しい女御御殿が全貌を現しているではないか。お与津さまのことが発覚して、これからいろいろ悶着が始まろうとする同年の九月に、幕府は何のためらいもなく新殿の造営に着手していた。造営奉行は小堀遠州《こぼりえんしゅう》政一《まさかず》、完成目標は翌年いっぱい。

帝のまことの意志は、目に見えぬ怪物のようなものの力に圧服されて、声を失った。一つのことを条件に出して、帝は外圧に屈したようなものだったが、帝の出した要求は満たされていない。勅勘の公家衆の召し出しのことである。その後も帝は声をあげたが、黙殺されたまま事態は速度をあげるようにして進んでいる。

依然としてすっきりしないのは帝のみ心のうちだけで、庶民の世界では、入内決定のしらせとともに、いままで漂っていたもやもやは一掃され、都の空気は一新されたように見えた。現に京の都はすみずみにまで活気があふれはじめた。入内の盛事にかかわるあらゆる職種に、お金がまわりはじめた。何十年に一度などではない、何百年に一度の晴の盛事がもうすぐ京の町でくりひろげられようとしているのである。

入内決定

元和六年（一六二〇）六月十八日。所司代は高らかにその日を発表する。

入内にかかわるもろもろの調度品一切、京の町で調えるという方針を幕府は打ち出す。調度品一つでも大きいが、儀式にまつわるすべてのことに人の手は欠かせない。人の手を使えばお金がうごく。さらに、どのようなことであろうと、晴のことには派手な出費がついてまわる。潤いは見えぬはしばしにもくまなく及んで、この数ヵ月だけで、都はうそのように生き生きと蘇った。

所司代板倉勝重は、いやもう今では元所司代で、新所司代は息・重宗なのであるが、その親父の勝重はいまひとり静かに、生まれ変わったような京の町を見て感慨にふけっているのである。

日ごとに高まる京童《きょうわらべ》の歓びのさまを目のあたりに見ると、万感の思いがこみあげてきて勝重の眼はうるんでくる。思えば慶長六年の昔、もうかれこれ二十年にもなろうか、江戸町奉行の要職から抜擢されて初めて上洛した。京都所司代というまったく新たな大任を仰せつかった。徳川氏の命運がかけられている、と言っていい枢要の任であった。京はまだ豊臣人気が何のかげりもない頃だった。難攻不落の名城大坂城は大坂の空に聳えていた。わが主君家康公は豊臣の遺物を京から抹殺することに懸命だった。容赦をせぬ思いきった所業は、効果は手っとり早かったが庶民の反感を買った。徳川色を打ち出していくのに前時代の権力者の遺物は邪魔になる。大胆に破却した。廃棄のことの先頭に立って、引き換えに徳川勢力を伸張させていこうとする。無理な役割を勝重は背負わされていた。黙々と耐え、勝重は己が使命の遂行に努めた。三河譜代の誇りと使命感がそれをさせた。

それだけではない。内裏への接近、対応、これは勝重の京都以前の前半生にはついぞなかった異質の体験で、一から勉強だった。公家衆にもいろいろ肌の違いがある。好みも異なれば、性格も十人十色、武家伝奏には殊に気をつかった。今まで思いもしなかった学問にも頭を突っこんだ。歌学にも頭を向けた。などと言い出したら、身内の田舎武士には冷笑されようが、勝重は真剣に少々ながらかじった。源氏物語など、読んだとは言えないが、巻の名前などは知り得ていた。自ずと公家衆の多くと話ができ気がかようようになり昵懇にもなっていった。和子姫の入内のことが持ち上がってからは、一層勝重ならではの密度の濃い内裏工作もやってきた。顧みてひそかに自負するところはあったが、あまりに円滑に事が進んだときには、勝重は公家衆と昵懇になりすぎているのではないかと、将軍秀忠に釘をさされることもあった。勝重の働きは誠実であり、非凡であった。

しかし、待望の入内実現の直前、勝重は息・重宗への更迭を命じられて退く。秀忠とて知らぬわけではない。ことさらに情を排し、実をとる。その策は、いわゆる見せつけでもある。武家流、徳川流であった。

姫　城内に生まれず

葵の姫・和子の入内の日が近づいてきた。

和子は秀忠の五女である。生母は御台所お江《ごう》の方。当時はもちろん平成の今日でもそうなっている。しかし平成になって初めて或る有力な異論が出てきた。それに実は藤堂高虎がかかわっている。そのことについては、後ほど書きたい。

いずれにせよお江の方について、少しふれておきたい。

戦国の世に数奇な運命をたどった女性は多いが、これほどの人も珍しい。名家の女性が政争の具に供され、運命に翻弄された例はあまたあるが、ここまで念の入った例は少ない。

浅井《あざい》長政《ながまさ》のもとに嫁した織田信長の妹・お市の方は三人の娘を生んだ。お茶々、お初、お江である。

お市ご寮人は当代切っての美人で三人娘も揃って美しかった。浅井氏滅亡後、いろいろ遍歴があり伊勢の津にもゆかりがあった。最終的には、長女お茶々は淀君となり、豊臣秀吉の室となり、中のお初は京極高次のもとに嫁した。三番目がお江である。お江与《えよ》、於江《おごう》、小督《おごう》といろいろな字が用いられている。逹子《みちこ》とも書かれている。

お江の初婚の相手は、佐治与九郎《さじよくろう》一成《かずなり》という城持ちの若い武将、尾張六万石大野城主である。若夫婦は仲睦まじく暮らし二女をもうけたが、突然転機がくる。もともと豊臣秀吉の指図によって成った婚姻であったが、その秀吉によって強引に仲をひきさかれ、お江はとり戻される。佐治与九郎が織田《おだ》信雄《のぶかつ》に接近していったのが、秀吉の気に入らなかった。

秀吉に再嫁させられることになったお江の二番目の夫は羽柴《はしば》（豊臣）秀勝《ひでかつ》。二十四歳、十万石の亀山城主である。この秀勝というのは秀吉の実姉ともの二男で幼名を小吉と言ったが、秀吉が養子に迎え、将来を見込み秀勝と名づけたものである。この秀勝の兄は、広く世に知られている関白左大臣となった豊臣秀次《ひでつぐ》。秀吉に実子がなかったので、自らの大きな跡目を継がせるため、特別の思いをこめて嫡子とした人物である。その後いろいろあり、思いもよらぬ悲劇がこの人物とその一族を襲うが、それは省略して、ここでは秀次の弟の秀勝が当面の問題の人であるのでそれをつづける。

秀勝とお江の新婚生活が一月もたつかたたぬ文禄元年（一五九二）三月、秀吉からの至上命令が突然秀勝のもとに飛びこんでくる。

「直ちに三千の兵を率いて朝鮮へ出兵せよ！」というものである。一刻の猶予も許されない。別れを惜しむ間もないほどあわただしく秀勝は出陣していった。はるか海を越え長駆遠征の途についた秀勝が、家郷を離れて未だ半年も経過せぬ文禄元年（一五九二）九月九日、日夜ひそかに夫の安否を気づかっていた新妻お江のもとに、風のように舞いこんできたのは訃報であった。豊臣秀勝享年二十四歳をもって唐島にて病没、というものだった。戦死ではない。衝撃にうちのめされるばかりだったお江は、そのとき懐妊の身であった。月満ちて生まれてきたのは女の子であった。母親のお江に似て可愛らしかった。完子と名づけられた。やがてお江は秀吉によってまた引き抜かれて、第三の夫のもとに嫁ぐことになるのだが、まだ豊臣の世は安泰、秀吉は天下人、世に懼るるものなしであった。嬰児《みどりご》完子は豊臣の血を受けた豊臣の姫として大坂城で育てられる。伯母さま淀君が母親代わり、この子が育つまで大坂城はまだ難攻不落の名城だった。

「事実は小説よりも奇なり」というが、それを地でいくようなことが、この子の身の上にも起こる。男系女系とも素質のよかったことは事実のようで、完子は長じて才色兼備の姫となり、さる家格の高い大宮人の家に入ることになる。九条忠栄《くじょうただひで》の室となったのである。五摂家でも近衛に次ぐ九条である。運命の赤い糸は、人の目では見えない道をたどっていく。そしてこの完子という女性は、この話の中で、のちほどまた不思議な働きをするのである。

晩年の豊臣秀吉は蓋世の英雄とは言いがたい狂気のような所業を数々のこした。こんにちの医学でいうアルツハイマーか、脳血管障害による痴呆症状かはあった。まだらボケのふしも見える。いずれにしろ超凡の才幹を発揮した最盛期の秀吉とは別人格を呈していた。天才と狂人は紙一重、というところは終生あった。

ここでもう一度、先ほどの秀勝の死のことに戻りたい。あとあとのことに関係があるからである。彼の死因は、並の病気ではなく極度に奔放な外地での性行動の果ての梅毒か脳梅毒か、というものだったらしい。当時の呼び名は瘡毒。痘瘡は天然痘で別だった。ともかく当時では癒しようがなかった。そういう秀勝の遺体を、どういう方法によったものか、内地まで移送してきた。どういうわけでそこまで移送にこだわったかも疑問であるが、お江は夫の変わり果てた姿を垣間見、病状を聞いてびっくり仰天した。驚天動地というも愚かな衝撃を受けた。生涯抜きがたいトラウマに打ちのめされてしまった。大袈裟でなく骨の髄までとおるほどの痛撃であった。出陣以前の秀勝にその気《け》はまったくなかったから、お江の体にはむろん何の心配もなかった。しかしこの痛ましい事実は、お江の身に訪れる第三の結婚で、お江の心身を限りなく強く支配することになる。

追い討ちをかけることをお江はもう一つ見る。秀勝の弟にもう一人秀保《ひでやす》というのがいた。秀吉の朝鮮出兵の命はその弟にも下り、当時十四歳であった秀保は、兵を率いて朝鮮に渡り奮戦する。弱冠十四歳にしてすでに一人前とされていた時代である。秀保は作戦にも励んだが、女色の方にも年長者に劣らず精を出した。そこまではよかったが、帰国後ずっと兄と同じ病気で苦しんだ。十七歳のとき湯治に出かけていた秀保は、癒えぬ病気と行く末を思い、或る日突然十津川に身を投じて命を絶った。朝鮮出兵の後遺症のようなこのような話は、他の陣営にもあり、お江の近親者の間のみならず、あまねく広く全国の武士団に流布されていた。

若後家となったお江を片時も見捨ててはおかず、すぐに第三の相手にさしむけるのは、むろん豊臣秀吉だった。見さかいもなく勝手放題をやるように見えるが、まだまったく狂ってはいない。相手は徳川二代となる御曹司の秀忠である。初婚十八歳の名家の後嗣に、出産歴三回という三度目の中古をぶっつける。奇想天外な暴挙と、一見みえるのは仕様がない。しかしこの時代、日本国中あまねく見渡しても、これ以上の好一対は見出しえない。秀吉の慧眼はまだ健在、むろんその魂胆のウラに豊臣政権の安泰を狙うこころが据わっているのは見えすいている。にもかかわらず、この組合わせは天下一品。それはこのあと証明されていく。

花嫁お江は美しかった。過去の経歴など少しも見るものに感じさせない。若く瑞々しく輝いていた。文禄四年（一五九五）九月十七日、徳川秀忠とお江は伏見城で華燭の典をあげる。秀忠十八歳、お江二十二歳。

お江は健やかだった。一年おいて千姫を生み、以下子々姫、勝姫、長丸、初姫、三代将軍となる家光（竹千代）、駿河大納言となる忠長（国松）を生んだ。五女が和子（松姫）、このお話の中でも殊に大切な人。入内して後水尾天皇女御《にょうご》となる方である。もう一人男子があり正之という。会津藩祖となり名君と謳われた保科正之である。これのみ異腹の所生。と徳川実紀は記している。

しかし事実は、入内した肝心の人・和子姫は秀忠の子であることに間違いはないが、お江所生ではなく、正之を生んだのと同じ女性から生まれた異腹の子であった。と筆者（わたくし）は思っている。

柿花仄《かきはなほのか》著『養源院の華　東福門院和子《まさこ》』を読めば、このことはまったく疑う余地がない。が、こんにちに至るまで徳川氏により厳封されてきたこの事実は、固く口が緘せられ他に洩れることはなかった。時を経て守秘の意味も失せたこんにち、精力的に丹念に検証する人が現われて真実が明るみに出る。しかしそのときには、歪められた事実が広く深く世に根を張っていて、もはや動かしがたい。東福門院和子のこともその範疇に入る。ここでは柿花さんの労作の肝心の部分を、借用し要約して書いていく。それが実は藤堂高虎が、この入内の件につき特に秀忠から重用され、軽からぬ役割を果していくことの裏づけにもなるからである。


横道にそれたが、話を本筋に戻したい。

入内間近となった徳川の姫・和子――秀忠の五女であることに偽りはないが、生母はお江ではなくお妙《たえ》という女性であった。奇しくも和子を生んだとき、お江と同じ三十三歳。お江と優劣つけがたいほど才華の光る人であった。出産歴のないだけ、容色の方はお江より優位に立てたかも知れない。家筋は上杉謙信の重臣で、上杉の同族といえるつながりをもつ、国元では有数の名家である。

藤堂高虎は江戸の上野に邸を構えていた。隣りの邸は堀直寄《ほりなおより》。直寄は若いがその器量は並ならぬもので、家康にも高く評価されたほどの人物である。直寄は高虎とは親子ほども歳はちがうが、昔から高虎を非常に敬慕しており、両家の交わりは深く長い。ともに外様大名であるが、両人とも徳川の恩顧を受けて年は久しい。江戸における将軍の威風がすみずみにまで及ぶにいたり、秀忠も鷹狩りを楽しめるようになった。その好適地は上野である。鷹狩りの折の宿は、いつも両家のいずれかである。

堀直寄の家には妙齢の女性が手伝いとして住みこんでいた。家事一切をとりしきれる人で、頭も切れるし、何をやらせてもサッとこなせる、いうところのない才女。むろんこれがお妙である。その生家も堀家もともに上杉家と濃くつながる同族の家である。お妙は生家と親しい高僧から学問を教えられ、当時では珍しい教養を身につけている。

高虎の如才なさか天の配剤か、将軍秀忠の鷹狩りの折には、この人が給仕に出るようになる。宿はどちらかといえば、藤堂邸になることが多かった。そして鷹狩りの回数は日とともに月とともに繁くなっていく。またこの交流は短期間のものではない。家康もまだ存命中のことである。家康の手なずけの術は、秀吉流とはまたひと味ちがう、独特の巧みさがある。御台所お江の方への懐柔策は、ほんわかとした雰囲気をつくっておいて、存外まろやかになされていたのかも知れない。

お江の方の、あの秀勝の遺骸を目にして刻印されてしまったトラウマは、命終わるまで抜き去りがたいものである。お江に丸められたのではなく、秀忠は自分自身同じ恐怖を持った。しかし時がたった。状況が変わった。まして相手は特上のものである。依然として秀忠には、お江を恐れるのではなく、心からお江を立てる純な気持があった。一般大名の所業とはちがうところが、終始はっきりあったと言っていい。しかし異変が起こった。

彗星のように現われたこの女性の出現は、秀忠の生涯においても、他に比べようもなく煌めくものだった。秀忠は真実のめりこんだ。そして相手もすべてを受け入れてくれた。

のちのち徳川氏はこの方を重く篤く遇した。秀忠死後、慈眼大師によって剃髪して尼となり、随従三人を伴って一院を設け余生を送ったとある。幕府が江戸の鎮めとして創った東叡山寛永寺の山主・天海大僧正じきじきに剃刀をあてていただき出家する――これだけでも並のことではない。生前十分な手当がつき、七十五歳で愛蔵の秘宝の数珠をまさぐりつつ世を去った。妙徳院が法名。妙徳禅尼とも書かれている。墓は長岡市四郎丸、昌徳寺。

（柿花仄『養源院の華　東福門院和子』による）

第二章　葵の華

葵の姫　江戸さらば

元和六年（一六二〇）五月八日、葵の姫・和子江戸発輿《はつよ》、上洛の途につく。

御台所・お江の方に代わって「御母代《おんははしろ》」の大役を仰せつかったのは「阿茶の局《あちゃのつぼね》」であった。先君・大御所家康の愛妾の一人、今は名実ともに老女と呼ばれておかしくないが、若い日には才色ともに衆に秀でて人目を引いた。出自を言えば、今川家臣団の家に生まれ、同じ家中の神尾孫兵衛忠重《かみおまごべえただしげ》に嫁いだが、桶狭間の合戦で夫は討死、未亡人となり家康に仕えるようになった。水際立った美貌と気転の冴えが家康の気を引かぬわけはなく。いつとはなく手がついて終生家康を助ける女性のひとりとなった。大坂冬の陣にもつれていって、淀君との交渉の中でかけがえのない働きをしてくれた。秀忠もその辺のところは十分わかっているので、今回の大任にかなうのは、この人をおいてないと見定め、切にお願い申すと言いつづけ説き伏せた。

真実荷が重いと阿茶の局は固辞したが、将軍秀忠の懇望もだしがたく、一旦引き受けたとなると、力がもりもりと湧き上がってくるのがこの人である。その明るい前向きの雰囲気は、気も心も和やかな姫・和子にも通じ、長く暑い道中を全員つつがなく乗りきることができた。

元和六年五月十八日、全員無事着京。いちばん安堵の胸をなでおろしたのは阿茶の局であった。

「何はともあれ今日明日ぐらいは旅の疲れを癒させていただきましょう。何にもまして大事なのは和子さまのおからだ。さいわい姫は身も心もしっかりしておられまするが、やはり長旅はきつうございました」

阿茶は惚れぼれと見とれるように姫を見やりながら、自らを慰め安心させるようにそう言うと深々と息を吸いこんだ。姫はどちらかと言えば小柄ながら、驚くばかりに芯が強い。

「大御所さまは姫君のご入内のことが、この世の最後のお願いでござりました。大聖天様《だいしょうてん》に願われて常々大般若経をお上げになっておられました。この阿茶はよく知っておりまする」

京へ着いて初めてそのようなことを耳にすると、和子はハッとして大きく目を見開く。己が使命のただならぬことに、数え十四歳の胸は改めて波うってくる。

姫の行列の意味は道中の駅々、その夜の宿々でつとによく伝わっていて、輿をとおして聞こえてくる喚声で、姫の多感な胸は高まるばかりだった。しかし京へ入ってからの人々の叫びのような声は、東海道筋とはまたまた異なっていて姫を驚かせた。乱れ飛ぶ京ことばを初めてじかに耳にして、姫はほんとうに異次元の世界に入ってきたという思いにひたっていた。

「阿茶どのはこの婚儀がすみ次第、江戸へお戻りではなかろうか。どうかいつまでもわたしの側にいてくだされよ」

「お聞きしておりますところでは、わたくしは江戸へ……」

「父君に願い出て、どうかわたくしの願いがかなえられますように」

「わたくしにもそう願いたい気はござりまするが、婚儀の大役を果させていただいての後は、身も心もお役に立ちますまい。お上もそこのところは十分お察しにて、わたくしの何倍もお役に立てる侍女方をお選びになっておられまする」

「芯から頼れる人は、また別では……」

「まあまあ、お嘆きなさいますな。そのうえご上意によって選ばれなされた殿方のお衛りの衆があまたおりまする。天野豊前守長信《あまのぶぜんのかみながのぶ》様、大橋越後守親次《おおはしえちごのかみちかつぐ》様、そのお二人がそれぞれ与力十騎と同心五十名をお抱えにて常駐あそばすご計画。これはこの阿茶がお上より直々に承っておりまする」

並の若いむすめごならば、そのようなことを聞けばびっくり仰天ちぢみあがるが、そこは生まれながらの江戸城の姫であるから、阿茶の局の熱い心遣いはすんなりととどく。

「お二方の軍団とも、女御御殿はもちろん禁中のご警護にも当たられるかと思いまする」

阿茶の手に胸に、どっぷりとすがりつきたいように見えたさきほどまでの姫は、いまうって変わったようにおだやかに静かに阿茶の前に座っている。

「ふしぎな姫よのう」

阿茶はしげしげと姫を見てそう思った。警護団の陣容を聞いて安心したのではない。あのようなことを耳にすれば緊張と不安で、よけいに胸は高鳴るはずである。ところが姫は平静である。

「姫は天命を背負っておられる」

阿茶の局はかみしめるように、己が言葉を心の中でくりかえした。これからの行く末、風おだやかにして波静かとは思いがたい。阿茶は肝の小さな老女ではないのだが、二条城へ入ってから、ときに杞憂のようなものが心をよぎる。

しかしそのような阿茶の心のさざ波など、天空はるかに吹き飛ばすように、二条城の内外では、入内に向かっての準備の最後の追い込みが、昼夜兼行でくりひろげられていた。

七十万石の花嫁

誰いうとなくそう呼ばれるようになった前代未聞の盛儀が今から始まる。豪華絢爛の極みをいく行列が都大路にくりひろげられようとしている。

元和六年（一六二〇）六月十八日。

女御和子入内の行列は、上洛後待機していた二条城からおごそかに御所に向って動きはじめた。全国諸大名、全公家衆を従えての空前絶後と言っても過言ではない行列である。

将軍秀忠はこの婚儀に幕府威信のすべてをかけてあたった。豊臣秀吉が京で見せつけた幾多のパフォーマンスの向うを張るという意識が、秀忠には強く烈しく燃えていた。まだ朝廷に、そして京わらべの銘々にも、新しい時代の主は徳川であるという感覚は芽ばえていない。

元和偃武《げんなえんぶ》――戦乱の世は終り泰平の世が始まる。大坂夏の陣をもって長かった戦国時代に終止符を打ち、待望の天下泰平の時代が幕を開いた。それをなしとげたのは徳川である。秀頼、淀君を紅蓮の炎の中に葬るのが、家康の本意ではなかったにしろ、豊臣氏を滅亡させて天下を掌握したのが徳川である。豊臣の一・大老であった家康が、豊臣を亡ぼして天下人となった。その推移を、その経過を、人々はごく自然で美しいものだったとは思っていない。殊に京にはその気が強い。それはともかく、悪役となっている家康も、大坂夏の陣の翌年には長の生涯を終えた。今は秀忠が将軍職をつとめている。何にせよ新しい時代が始まったのである。しかし思えば、豊臣滅亡後まだ五年しか経過していない。

豊臣の世をなつかしみ、追慕してやまぬ思いは、内裏には帝以下公家衆に強くある。それが秀忠にはいやというほど感じられるがゆえに、よけい躍起となって天下人徳川を押しつけようとする。事を急げば急ぐほど摩擦が強くなるのが道理であるが、そうは言っておられないのが徳川の立場である。将軍秀忠は徳川一色の新しい時代の到来をめざして奮励努力した。部下を叱咤激励してその路線を押し進めた。

葵の姫入内の儀は、先君・大権現家康以来の徳川の悲願であったのだから。孝子秀忠の度を越すほどのこだわり方も無理はない。部下の使い方も巧みであったのか、主君の熱の凄さゆえに家臣もよく動いたのか、徳川の押し進める路線は、着実にその成果をあげていった。

朝廷ならびに京わらべ全般への示威行動のほかに、幕府にはもう一つ、この入内の儀をとおして、わが実力のほどを強く見せつけたい相手があった。全国大名諸侯への幕府ならではの勢威の誇示であった。自ら入念に秘策を練り、有能な臣下の実力を遺憾なく発揮させて、秀忠はその遠大な目標の達成をめざした。

鬱屈した積年の深謀遠略を、一挙に都大路にくりひろげたい。誰の目にも見える形で見せる晴の場が、和子入内の行列なのである。

全国津々浦々の諸大名、殿上人から地下人まで、役につけられる人は残らず狩り出された。下々の役がいかほどふえようとも驚くにあたらないが、高級レベルの人の場合は問題になる。将軍秀忠は関白から左大臣右大臣という雲の上の人まで、扈従の中にお入りいただきたいと願い出た。

「天子様の場合のほか、そのような方がお供をつとめた例は一度だにござりませぬ」

にべもなく斥けられた。秀忠とて知らぬわけではない。そうくると思いつつお願いした。もちろん秀忠は懲りずに再度お願いする。先例のあるなしを重く見るのは、古来宮廷のしきたりである。

「いかほど願い出られてもそのような方々の扈従は認めるわけにはまいりませぬ」

何度くり返しても内裏からの回答は変わらない。しかし結局、秀忠は勝った。そこまでこだわらなくても、と多くの人が思うが、そこを押し切りたい狙いの奥に、史上第一の天下人たることを見せつけたい秀忠の思いがひそんでいる。

天下に見せつけたいが、後水尾への意識も強い。この二人の間には並々ならぬ意地の張り合いが何度もあった。今後もくり返される。意地の張り合い、へその曲げくらべのようなことが、くり返し行われてきた。このあとも変わるまい。しかし秀忠は強引に我を張りとおしたあとには、悪印象を和らげる手だては講じるようにしている。それが相手にどのように効くかはわからない。

練りに練った構想に基づいてくりひろげられていく行列は、延々とつづいていつ果てるとも知れない。規模の大きさは人々の度胆をぬく。

第一団は豪華絢爛の見本のような婚礼のお荷物の集団である。一番長櫃《ながびつ》百六十棹《さお》。二番荷、三番荷から二十六番御服唐櫃《からびつ》五荷までつづく。

第二団は局《つぼね》以上の上臈衆《じょうろうしゅう》。長柄輿《ながえこし》四十挺に乗り、続くは中臈以下の女房達が長柄切三十六挺に乗って出る。その輿の両脇には烏帽子着の武士が三、四名ずつも従って格好をつけている。

第三団は雅楽の奏者達の吹奏楽集団で、二列縦隊を整然と保ち、都の空に妙音を放ちつつ進む。雑《ぞう》色《しき》十名の露払いが先に行き、本隊は四十五名から成っている。

第四団は公家衆三十七名から成る前駈役。公家衆は衣冠太刀《いかんたち》弓箭《きゅうせん》を帯して騎乗して進むという本格的な取組みである。各馬前には白丁四名、舎人《とねり》二名、鞭《むち》持一名がその供をつとめている。それだけではない。そのあとには白衣の侍一名、烏帽子着の侍五名、傘持一名という念入りな態勢である。

これまでの行列を人々は絶えて見たことがない。噂には聞いていたがほんとうに驚いた。効果をあげるための心憎い企ても見事であった。超弩級の出し物のあとには、わざと少し間がおかれていた。あとないのかなあ、と思われたころ、突然一騎打って出てサッと消えていった。京都所司代周防守《すおうのかみ》重宗、顔見せである。

そのあとが大名諸侯の行列とくる。それは将軍お成りと同格の規模で行われた。先ず譜代大名、二列に整然と隊列を組んで進んでいく。次に外様大名の諸侯。大藩、雄藩が揃い、こちらの方が人数は多いから自ずと迫力は大である。

そのあとが本日の主役、花嫁・女御従三位《じゅさんみ》徳川和子。お乗りの牛車は二頭曳き。お車の本体は金銀梨地《なしぢ》高蒔絵《たかまきえ》で仕上げられ、むろん超一流の精緻をきわめた作りである。外に長く引く下簾《したすだれ》をつたって、焚きしめた蘭麝《らんじゃ》の香りが群集を夢見ごこちにさせるようにあたりにひろがっていく。

牛車一つにかかわる者だけでも多数。まず牛の御者の役四名、車に副って警護する烏帽子着の者、前後左右に四名、薄桃色の狩着《かりぎ》姿のお供数十名、さらに雑役のお供が多数となっている。

牛車の中はけっこう広く作られていて陪乗する者二名、御母代の阿茶の局と権中納言の局であった。阿茶の局は現身《うつしみ》のままで天界の人になったようなもので、ほんとうに夢幻の中で時を過ごしているようなものであった。

なお、言うまでもないが牛車の前後には、牛車の中の人にふさわしい格式の高い武士団が、衣冠に身をととのえて騎馬し、それぞれ従者を従えているのであった。井伊掃部頭直孝《いいかもんのかみなおたか》と大沢《おおざわ》少将基宥《もとやす》という譜代の大名格。将軍の姫のお輿ならではと、誰が見ても思える完璧な演出であった。

ここまでのみでも、前代未聞の絵巻物のような行列を堪能するまで見せてもらったが、まだまだあとがある。今度は一転して、華やかな内裏のお局衆の牛車のゆるやかな行進となった。さきほどの和子姫の牛車とは格式は下げてあるものの、金銀梨地蒔絵で仕上げられたもので、十分に目を見張らせる。これが第一車から第六車までつづく。

前例なき扈従《こしょう》

大団円となるものは、先例なしとして何度も斥けられた最高級の随身《ずいじん》お三方のお出ましだった。天子さま以外、たとえ上皇や院でもご遠慮なさるということを、将軍秀忠はゴリ押しでかちとった。

関白九条忠栄《くじょうただひで》、左大臣近衛信尋《このえのぶひろ》、内大臣一条昭良《いちじょうあきよし》という当代最高級のトリオであった。お乗りの輿は轅《えん》のついた塗輿。従うものは随身八名、諸太夫四名。小結の童十名、烏帽子着の侍五十名、沓《くつ》持一名、退紅十名を具しての扈従という大がかりなものであった。

あとのお二人、近衛左大臣も一条内大臣も同様の陣容であった。

天皇の行幸と将軍のお成りをあわせ行ったような行列で、京都御所はじまって以来、見たことも聞いたこともない出来事だった。将軍秀忠の狙った効果は存分に発揮できた。徳川時代の幕は高らかな楽の音とともに切って落された。人々は全身全霊でそれを感じとり確認した。

将軍秀忠が先例のない扈従を実現させたウラには、「小説よりも奇なり」といえる事実があった。朝廷側の頑強な抵抗を押しのけて、秀忠が望みをとげた背後には、関白九条忠栄の存在があった。扈従の三名の中でもこの方がこの時点で最高の実力者、この人が最後には後水尾の首をタテに振らせた。

秀忠の御台所お江の方は、三度目にして初婚の秀忠の許にお輿入れしたのであった。直前の二度目の結婚の相手、豊臣秀勝との間にできた秀勝の忘れ形見に、完子という嬰児《みどりご》があった。その子はお江の姉の淀君にひきとられ、天下人の子のようにして大坂城で育てられた。年ごろとなって輿入れするとき、淀君のえらんだ先は九条家であった。すでに豊臣秀吉はこの世になく、実権は徳川家康に移っていたが、まだ大坂城はゆるぎなく、淀君は秀頼をかかえて豊臣の天下の存続を信じていた。完子は事実上天下人の姫のようにして大坂城から輿を出し、九条家の御台所に納まった。その後まもなく武家の世界では大変動が起こったが、都の公家社会では半ば他所《よそ》のことであった。

関白九条忠栄は人の世の不思議を思わずにはいられなかった。入内なさる徳川の姫和子もお江の方から生まれ、わが室の完子もお江の方から生まれた。一人はすでに九条家の人となっており、一人は宮中に入る。その縁をたよりに将軍はこの自分にも率先して扈従の役をお引きうけ給われと仰せになる。驕れる願いと言えば言えるが、自分は将軍の願いに応えたい気になった。帝は先例になきことを決して喜ばれないし、わがまことの思いは折り入っては申しあげぬがよいと思う。この内なる事情はすでに知っている人もあろうし、帝にも聞こえているかも知れないが、お喜びにならぬことゆえあえて口にしない。

入内の徳川の姫が将軍秀忠の五女であることに間違いはないが、生母は御台所のお江の方ではない。ということはこの時点で世の誰にも知られていない。もちろん関白九条忠栄卿はご存知ない。

お物見開き

賑々しく華やかな群集のざわめきも、一瞬ピタリと静かになった。和子さまお乗りの二頭曳きの牛車が、ついに御所内に踏み入れられた。ご禁中——雰囲気がガラリと変わって、凛として荘厳味を漂わせた気がたちどころにひろがる。

ほどなく突如女房衆の嬌声が湧き起こった。お輿の入来を察知して一群の女房衆が物かげから一斉に走りよってきた。実は今までのひとしきり、入内の姫のご器量をめぐって、あれこれととめどなく噂ばなしに花を咲かせてとどまるところがなかったのである。


――・――・――


「早うお顔を拝みたいェ」

「なんぼ噂したかてホンモノを拝ましてもらわなわからへん」

「所司代はんは、〈姫はなかなかの器量よし〉言うてやはるて……」

「いっぺんも見たことのうて、何を言やはるやら」

「所司代に拝んだことのある人、ひとりもいやはらへん」

「京の宮方にも負けえへん、言うてやはるて……」

「そんなこと言わはっても、お与津さまには負けはるんとちゃう」

「わてかてそう思うェ」

「ウン、ウン。おつむもようて、京にもめったにないべっぴんはんやて」

「所司代はんの言わはること、あてにならへんェ。言わされてはるよってに……」

「わての聞いとるのは違う筋やけど」

「あれこれ言わんでよろし。この目でひと目見れやみんなわかりまス」

――・――・――

走りよってきた女房衆は下っ端ばかりではなかった。存外統制がとれていた。お物見を囲むようにして、ピタリと止まった。年かさの女官が、その場の格上の人物に目を据えて口上を述べた。

「お願いがございまする。先例にならいまして、お車のお物見をお聞きくださりませ」

水を打ったように静かになった。言上を受けた男はドギマギした、何も聞いていないし何も知らない。棒立ちのまま男が女官に目をやると、

「ひと目お顔を拝ませていただきとう存じまする」

女官はよくとおる声ではっきりと言った。大きな足音が後方から走りよってきた。しじまの中、走りながらその女官の声はよく聞きとれたのだ。突然行列の進行が止まって、何たることかと思っていた矢先のことだった。

「なんと、なんと断じて成りませぬ」

ひと息入れて、声はつづいた。

「お上にお目どおりなさいますまでは、断じて成りませぬ」

語勢には人を威圧して怯ませる力がこもっていた。声の主は藤堂高虎。二の句、三の句はいらなかった。一喝を浴びて女房衆は、肩をすぼめるようにして飛び散っていった。

おめでたい輿が禁中に入るとき、古くから「お物見開き」というしきたりがあったという。藤堂高虎は知らなかったし、知っていても無視したであろう。

女御御殿燦々

限りなく華やかに、いつ果てるともわからぬほど延々とくりひろげられた入内の行列が終ると、内裏にもようやく宵闇が迫ってくる。木の香もほのかに匂う真新しい女御御殿が女御和子のご入居をお待ち申しあげていた。女御御殿はいままでの内裏の内側ではなく、東側に新しく地拵えをして建てられている。帝の御所より敷地面積はやや小さいが、屋根の造りが宮風というよりは、やや重厚味を帯びた造りになっているので、京わらべから眺めると、こちらの方が壮麗という感じで輝いて見える。

天子はおんみずから不承々々のまま、関東から押しつけられた思いでおられるのが、都の下々にまで伝わっているので、京わらべの女御和子を見る目はどちらかといえば冷たい。御所の女房衆の真似をして「江戸の女御」と呼んでいるものさえいる。

もっとも、女御という呼称は天皇の寝所に侍する高位の女官の呼び名で、主に摂関家の女《むすめ》しかなれなかった。秀忠は姫の入内にあたり、「女御」という呼称に大いに抵抗を感じた。武家伝奏と「皇后」ではないかと論争したが、皇后と同じという返事がかえってくるだけで埒が明かなかった。

ちなみに女御和子は四年後に「中宮」に冊立《さくりつ》される。後水尾が平安時代の文献を精査してそう定められた。皇后の呼称は終生つけられなかった。「妃」というのも后妃の一つにあった。平成のこんにちの常識とは違うところがありそうである。平安時代には「更衣」というのもあって、女御の次に位していたとも書いてある。もう一つ「典侍《すけ》」というのがある。これも高位の女官とある。

以下のことは改めて書きたいが、ここでも少し。後水尾天皇（一五九六―一六八〇）は後陽成天皇（一五七一―一六一七）の第三皇子で、ご生母は女御・藤原（近衛）前子《さきこ》（中和門院《ちゅうかもんいん》）である。そして道順《どうじゅん》上人（現三重県津市美杉町竹原・来福寺中興開山・生身《いきみ》のまま入定遷化《せんげ》）のおん父君は後陽成天皇の第一皇子で良仁親王（覚深《かくしん》法親王一五八八―一六四八）と申し上げ、即位を前提とした宣下を受けたこともあったが、仁和寺《にんなじ》第二十一世御室《おむろ》となる。ご生母は典侍《すけ》藤原（中山）親子《ちかこ》（大典侍典）、中山親綱女《ちかつなむすめ》、となっている。中山家も藤原一族であり、大納言をたまわり家格は高いが、五摂家の筆頭近衛家には及ばない。第一皇子が退き第三皇子が次代を継ぐことになった（「仁和寺資料」）。

女御という称号をめぐって話が少し横にそれたが、江戸時代の初期においては、後宮の最上位は女御であった。秀忠が黙らされたのではなく、宮中側が譲らなかったのでもない。後水尾のご生母・中和門院も女御として後陽成の後室に入り、その後中和門院となる。

ちなみに後陽成の後宮は、皇妃は九、皇子、皇女は二五であるが、女御は後水尾を生んだ近衛前子（中和門院）だけ。あとは典侍五、掌侍一、妃二となっている。

さらに後水尾の後宮を言えば、皇妃は七、皇子、皇女は三四である。女御として入った徳川和子は、入内の四年後中宮となり東福門院となったが、あとは典侍五、宮人一となっている（「仁和寺資料」）。

この江戸時代の初期、平安時代に用いられた呼称とはずいぶん変わってきている。更衣という呼び名は出てこないし、皇后もない。

秀忠は押しが強くよく我を張った。相対する後水尾も負けず劣らず頑で、何かにつけて衝突したが、秀忠が「女御」という呼び名にひっかかったことは事実である。後水尾側では最初ピンとこなかったが、徐々に秀忠の思いもわかってきて、四年後和子を中宮に冊立した。秀忠も内裏という別世界の内幕、しきたりなどが年を経るごとに少しずつわかるようになって、視野も広くなり知識も豊かになった。秀忠は中宮冊立を心からよろこび感謝した。


話がずいぶんあちこちと飛んで長くなったが、晴の入内の盛儀を経て新築の御殿に入った和子は、実はまだくつろげずにいる。宮中というところはずいぶん儀式のやかましいところで、和子は十分覚悟はしてきたが、心身の休まるひまはまだないのだった。ぶっつけで何かが行われるわけではないが、それぞれ時刻がきめられていて落ちつかない。現に今宵の帝とのお顔合わせは夜も更けた十時過ぎと予定されている。関白九条忠栄がつくり出した式次第により行われるという。関白九条さまのことは、和子もよく聞かされ知っている。お名を聞けば、たちどころに和子も心は和む。帝は御冠姿の正装で女御和子をお迎えなされる。女御は申すまでもなく十二単《じゅうにひとえ》の重ね着の正装であるが、揺らぐ灯の中に浮かぶ女御の、清楚なお姿の中からにじみ出るように漂ってくる美しさは、見るものを魅了する。美しい女人をたっぷりとご覧になっている帝も、初めてハッと魂を奪われる意表外のものに接せられたようでお目つきが変わった。

儀式の要となるものは「盃事」であるといわれる。高位の女官が、作法に則りおごそかに淀みなく事をすすめて式は終った。


この時の女御から帝への献上品は次の通り。

夏物…御引直衣、御単、大口袴他。

冬物…御冠、御引直衣、御単、御打衣他。

その他…百領の御衣、銀一万両。


中和門院への献上品はうるわしき御衣五十領、銀五百枚であった。

この他に天皇にお仕えの方々、中和門院付きの侍女達、公家方、宮廷側の衛士の末端に至るまで、将軍からのご祝儀はとどけられた。

どっさりと献上された豪華な品々には、帝も素直に感謝の気持ちをお述べになっておられたと伝えられるが、それよりも聞くものを驚かせたことは、このときの印象を、帝がこんなふうに語られたということである。

「初めて和子を見たときは躬もおどろいた。この姫があの秀忠の女《むすめ》とは信じられぬぐらいであった。骨太でごっつい感じが拭いがたかったが、意外に小柄でやさしく臈たけて美しかった」

「権中納言の局さまが何とか申されたのを、帝はお耳になされたとか」

と水をむける者がいると、

「女御は白菊のように清らかな姫でおじゃる、と申しておったそうじゃが、躬はにわかには信じられなんだ。おつむも涼やかで、何ごとも一度で誦《そら》んじるともな」

そう言って帝は、入内の日の女御の雪のような頬と珠のように光る瞳を、楽しそうに思い浮かべておられた。


入内後二十日ほどたった七月七日、宮中での「七夕の儀」が催された。天皇から女御和子はお招きをいただき御所に上がる。古式にのっとった厳かななかにも涼やかな七夕の儀であった。

一週間のちの十四日には「盂蘭盆会」へのお招きあり、女御和子はまた帝の御所に足を運ばれる。盂蘭盆会もどの儀式も同様、終始ピシッときまるという進行ぶりで、作法の美しさに感性ゆたかな和子は感動する。

以下、季節ごとの定例の行事は、ほとんどが平安時代以来きびしく守られてきたものばかり。時代の荒波をかぶるようなことは宮中といえども何度となくあったのだが、また時代が安定すると見事に復元されて今に至っているのであった。

ほとんどさしたる風波を感じさせぬ大海原のような宮中の一日一日は、よどみなく流れてやがて一年が終ろうとしている。何百年に一度あるかないかという婚儀の行われた元和六年（一六二〇）という年が逝こうとしているのである。

先帝後陽成と先君大御所家康との間で、徳川の姫入内の話がまとまり、めでたく徳川垂涎の内示が朝廷から下されたのは、慶長十四年（一六〇九）三月八日のことであった。そのとき和子八歳、後水尾十九歳であったが、その後の六年間は長過ぎた。思いだしたくもない悶着に次ぐ悶着があって、とどのつまり衆目の見るとおりの結果となった。それぞれに言い分があった。立場、立場による希望、願望、主張があり、一段階ごとに熱気も緊張度も上昇して、最終段階では驚くばかりの意地の張り合い、ヘソの曲げくらべとなった。

この長く激しい綱引き合戦の中で、終始勝ちを急いだのは徳川方であった。朝廷方は意に染まぬまま勝負に加わっている感じであった。

このつくられたゲームの中で、いちばんの犠牲者は誰かと訊かれたら、そしてそこに後水尾がお見えだったら。

「もちろん躬であろうぞ」と応えられる。

もしそこに女御和子がお見えだったら、顔を赤らめうつむいてものを言わない。見かねて阿茶の局が口を切る。

「それはお姫さまでござりましょうぞ」

「どちらとも言えるし、言えないかも知れない」

第三者はそう言う。見るひとりひとりによって判定は異る。

花婿不在

京の都に年の瀬は迫っている。元和六年（一六二〇）の年の暮である。女御和子入内という歴史に残る婚儀の行われた年の暮である。あれからほぼ半年がたっている。しかし女御と呼ばれてめでたく宮中に入った和子のおからだは、まだ生まれたまんまの無垢の状態がつづいている。後水尾の予想をくつがえすほど雅びで匂いたつ女御和子の美しさは、惜しみなく帝のおよろこびの声をひき出したのだったが、それはそれだけのことであった。一度のお渡りもなくお招きの声もかからなかった。

家康、秀忠と受けつがれた徳川幕府の悲願は、紆余曲折を経ながらもめでたくかなえられた。形の上ではこれ以上望めないような見事な出来上がりだった。しかしその後のこのような推移はどういうことであろうか。

和子は定められた己が運命《さだめ》を、素直に生きる女人だった。阿茶は大役を果したあとは江戸へ帰っていった。江戸の城中のように壮麗な女御御殿は、一歩中へ入れば江戸を京へ移したようで違和感はなかった。

和子は「江戸の女御」という蔑みのひびきをもつ言葉を最初は浴せられた。立ち働くものたちは「江戸の雑人《ぞうにん》」と呼ばれた。さるお公家が使った明らかな蔑称で、身分賤しき者たちというこんにちならば差別語である。

そのような言葉を耳にすればかえって反発心がかき立てられ、沈むよりはもりもり活気があふれてくる。それが女御御殿の気風となった。平均年齢が若いせいもある。意外につぎつぎと内外の仕事がふりかかってくるし、存外常に明るさを失わぬ女御御殿ではあった。

しかしひとたび、ひそひそと陰口がささやかれる場が生まれると、状況は一変する。帝の心中の測り知れぬ不思議さをいう者、女御和子の身になりかわって、ありったけの不満をぶちまける者。今までつぶさには知らなかった幕府と朝廷の間の底知れぬほど暗く深い溝が、今もかわらず横たわっていることを静かにしっかりと解き明かす者、等々。何はともあれ、外界では少しも知られていない女御御殿の秘めごとを抱えたまま、元和六年の年の瀬はここにも忍びよっている。いうまでもなく江戸城には、都の情報のすべては事こまかに伝えられている。そしてこの「不思議」の底に横たわるものの正体を、将軍秀忠は知っている。

世の中に「出番」というものがある。ここというところで、その場に最適の人が出ると、事が成る。中和門院は自分の出番の到来を、どこからか吹いてくる風によって察知しておられた。

第一〇七代後陽成天皇のもとへ女御として入られた方で、後水尾のご生母である。ご出産歴は見事、実に十二子をお産みになった。五皇子、七皇女である。前に書いたとおり出自は五摂家筆頭近衛家、御名は藤原（近衛）前子《さきこ》、近衛前久《さきひさ》の息女である。次の一点は前には書かなかったが、豊臣秀吉の養女と記録されている（「仁和寺資料」）。

豊臣秀吉の養女とは何たることか、と思われようが、これは秀吉が天下人となり、最後ノドから手の出るほどほしかった関白の座をかちとるための先行手段。大いに金銀を献上して養女になってもらう。近衛の息女の親となれば願望がかなう。五摂家からしか関白になれなかったから、秀吉はこの手を用いた。この事実にふれることは余談のようであるが、実はこの物語の中でたびたび出る徳川氏の権力意識に大いに関連する。徳川氏は豊臣氏の関白のことが頭から拭い去れず、これに抵抗することに万策を講じた。豊臣氏のことで懲りた朝廷側の強い抵抗にあい、「関白」を断念した代わりに現在進行中の政策に秀忠は転換した。

ここで話を元に戻す。中和門院は気にしておられた。半年にもなるのだからお耳にも入ってくる。あの入内の日、将軍秀忠公からは自分も大層な献上品を頂戴した。目を見張るようなものばかりであった。帝へはもちろんそれに倍するような、質量ともに素晴らしいものが謹呈された。それよりも何よりもいちばん肝心なのは、入内の女御和子さまのことであったが、それが帝の予想を大きく超える好印象を与える人であったということを知り、中和門院は心よりお喜びであった。それから半年を経て今もなお噂に聞くようなことがまことであれば、いったいこれはどういうことなのであろうか。

母上とてご想像もつかぬ帝の強いご気性と、ご本人以外にはわからない重く大きな問題をお持ちのことは、わかっておられる。しかしどのような事情があろうとも、あのように大きく入内の儀を受け入れておいて、今のおふるまいはとおるまい。神さまがお許しなさるまいとお思いになった。

母上はみ腰を上げられた。母と子のお話に言葉のかずは多くはいらなかった。母上のお胸の内は、短い言葉をとおしてお子・帝のこころによくとどいた。

しかし後水尾には後水尾の世界があった。かたくなに固執して己をまげようとしないことのウラには根拠があった。母上にことこまかに申すことではない。

幕府に向かって頑として己を張ってゆずらないだけである。都のことは針の目ほどのことも江戸城に見えているはずなのに、秀忠は少しも動こうとしない。

幕府は入内の前年、帝に親しかった公家衆四人を処罰した。「禁中並びに公家諸法度」に背いたという廉《かど》により流罪、というものだった。帝の頭ごしに、電光石火の早業という迅速にして強引なやり方で実行した。このため帝は「譲位！」を宣言、藤堂高虎の参内を招来することになった。このときの朝幕間の確執ははげしかった。前後三たびに及ぶ高虎の登場のすえ、ようやく最後に幕府は言い分をとおし、入内に漕ぎつけた。近衛信尋、中院通村も帝に事態の成り行きを訴え、中和門院も動かれて成立したのであった。

帝は最後に、入内までに流罪の憂き目を負った四名の公家衆の召還を訴えられた。幕府に聞こえていないわけはない。そして入内後の帝の女御御殿に対してのこと、これも十分にわかっているはずである。法度の決めを盾にとる将軍側近の主張が強いのか、総帥秀忠の意志がそうなのか、核心のことはわからないまま今にいたったのであった。

新しい年が明けた。古い年は逝った。吉凶、硬軟、いろいろとりまぜられた去年であった。中和門院がみ腰をあげられたのと、幕府の動きはじめたのとどちらが先かわからないが、みごとに阿吽《あうん》の呼吸がととのい、新年とともに雪解けがきた。

女御御殿への帝のお渡りがかなうようになった。

さしあたり一件は落着した。大きな一件であるから、これに過ぎるものはないが、いままでにもこれからも事あるごとに対立はつづく。幕府が公武合体という大きな目標をかかげて始まったものが、今回の和子姫入内のことであった。めでたく第一歩は踏み出されたが、対立抗争はこれが始まり、と言っていいかも知れない。秀忠は権勢をもって主導権を握ろうとするし、後水尾は無比の伝統と格式をかかげて相向かうならば、まことの融和は望みがたい。事実、心底に二者対立の根本要因をひそめながら、事にあたるのであるからすんなりと平穏無事に進まないのはあたりまえである。

権勢の争いはすぐ目に見えるかたちで現れるが、もう一つ地底で火をふく「血」の争いというものがあった。

お化けのようにとらえようのないもので、見えない人には見えないが、見える人には巌のように立ちふさがって動かしがたい。後水尾は「血」の呪縛から逃れえない人であった。

面白いことに、後水尾の対極にある秀忠も、「血」というものに対し独自の誇りをもっていた。天下を掌握したものにだけ授けられる「血」の優位性を、わが家は賦与されていると信じていた。そのような二者がぶつかりあったら、激闘のかぎりたたかっても決着はつかない、そのような戦いの犠牲《いけにえ》となるのは女性である。この物語の場合、和子である。和子は神からつかわされた子のように、よく見とおせる目と澄みきった魂をもっていた。

吉報第一号

元和九年（一六二三）初夏のころ、和子に懐妊の兆しが見えた。入内三年目である。しらせは薫風に乗るようにして江戸城に入っていく。

かねて本年上洛のことは決まっていたが、機嫌をよくした秀忠は、予定を早めて上洛の途についた。六月中ごろまでに着京、二条城にくつろぐ。選ばれた吉日の六月二十三日、威儀を正して秀忠は参内する。三献の儀がおごそかに執り行われた。

父・秀忠におくれることほぼ一カ月、七月に入って家光は着京する。参内は七月二十三日。秀忠は息・家光に将軍職をゆずり、大御所となった。今回の父子の上洛は、それを公式に表明するためのものであった。

八月二十一日、大御所秀忠はふたたび参内する。女御和子懐妊という吉報と、家光新将軍就任という二つの慶事をことほぎ、祝意と謝意を表するためだった。そして新御料一万石を捧呈申しあげた。禁中の御料はこれにて一挙に二万石とふくれあがり、大いにおん懐工合を潤沢ならしめた。院、女院、皇子、皇女方ならびに宮仕えの人々には、別の名目をもって少なからざるものが、贈呈された。総計は合わせて十万石に及んだ。
禁中のすみずみにいたるまで、しばらくはみなこの恩沢に心なごみ、永年のわだかまりもやわらいだように見えた。
元和九年（一六二三）、女御和子めでたくご出産。徳川待望の皇子ではなく皇女であったが、江戸城は歓声に湧いた。入内から少々間をおいた第一子のご誕生であったので、よろこびの中に深い安堵の思いがこもっていた。御台所お江の方は、自分でも気づいていなかった胸の痞《つか》えが、ストンと落ちたように感じた。
翌元和十年（一六二四）二月、元号は寛永と改められ、女御和子は中宮に冊立された。前に一度はふれたが、これは絶えて久しい称号で、後水尾がみずからお調べになって定められた。和子の中宮冊立に伴い、「中宮職」というものが新たに任命された。武家伝奏のお二人がそれぞれ兼任することになった。
中宮大夫　三条西権大納言実条
中宮権大夫　中院権大納言通村
翌寛永二年（一六二五）九月十三日、中宮和子は第二子をご出産なされた。いうまでもなくこの二度目のご懐妊のしらせも、京都所司代を通じて江戸城にはつとにとどいており、皇子誕生にかける徳川氏の夢は、大きな虹のようにひろがっていた。しかしこのたびも皇女であった。とはいえ中宮和子はまだ十九歳、それも数えである。まだまだ望みは大いにある。瞳はすずやかさを増し、お顔は内からの紅を増し、おからだには艶やかさが加わって、ますます健やかで美しい。そのようなこまやかな情報もとどいている。徳川の面々はみな喜色満面、第二子の誕生を心からことほいだ。大奥の女房連中もわがことのように声をあげてよろこんだが、久しぶりに膝をたたいて喜んだのは大御所秀忠。

「祝着至極じゃ」

湧きあがる拍手に応えて、

「この次は皇子じゃ、まちがいない！」

内政は着々安定に向っている。大名の改易、減封、廃絶——身内、譜代、外様を問わず大胆に秀忠は行った。実に四一大名に及ぶ。幕府の威風は全国にとどろいた。佐渡の金山は快調である。諸国の銀山、銅山も足並を揃えて活況を伝えている。全国に散らせた大藩、雄藩も今はみな安寧をよろこび自らの保全に気を注ぐのみである。相次いで発布したもろもろの法度も、それぞれに浸透してまず予定どおり機能するようになってきている。

予想を上廻る徳川政権の安定と繁栄ぶりに、大御所秀忠と新将軍家光の次に目標とするものは何か。二条城に後水尾天皇の行幸を仰ぎ、公卿百官と全国諸大名を一堂にあつめ、相ともに祝意を内外に示すことである。今なお京の都から払拭されきっていない豊臣色を、雲散霧消させて徳川一色の世を現出したいというのが本音であろう。

　二条城は堅牢さと壮麗美を加えてかがやいている。秀吉の聚楽第の向うを張ることが、当面の第一目的であるが、実はもう一つある。秀吉の関白の上を、徳川は行けるということを、百官と諸侯の前に見せることである。

　入内の盛事とはまた一つ色合いのちがった歴史的な行事をくりひろげたい。入内に至るまでは朝廷との間にずいぶん確執をくり返したが、あのあとはよかったはずだ。禁中ならびに京のはしばしにまで恵みの雨を降らせることができた。

　中宮には次回こそ待望の皇子を生んでくれることを願う。神仏にも祈願申しあげるし、あの若さと健やかさである。一門の願いは必らずや、かなえられると思う。

　大御所より発して将軍に及んで大綱がまとめられた計画は、すぐ下に伝えればよい。天下無双の練達の士が部署ごとに申し分なくひかえている。命《めい》をうけたまわれば直ちに発動して、とどこおりなくやりとげる。帝にも公家衆にも都の人々にも、できるだけ尽くしたい。諸侯にも栄誉と満足の場が持ってもらえるはずである。

後水尾二条城行幸

寛永三年（一六二六）九月六日、後水尾天皇二条城行幸。

この年、京の夏は暑かった。記録的な猛暑、百年に一度いや三百年に一度ともいわれる灼けつく酷暑の日がつづいた。田畑はことごとくひび割れ、井戸は涸れるものが続出、生きることとさえ辛いほどのめったにない暑さだったが、秋風が吹きはじめるころになると、うそのようにめっきり変わった。卜《ぼく》せられた吉日の九月六日、気づかわれた昨夜来の雨もすっかりあがった。天のお助けがいただけたと、関係者は小躍りしてよろこびあった。

人々は明るい空を仰いで、六年前を思い返していた。あの華やかな入内の日の行列を。今からまたあの再来が始まろうとしている。二条城前の広場にも、都大路にも、群集が行列を待ちわびている。

第一陣は供女房、六役。従う者一六〇〇人を超える行列である。第二陣は女院の女房、六役。従う者八〇〇人以上。それぞれ長柄、釣輿等々を囲むようにして進んでいく。第三陣は大内女房、六役。従う者七〇〇人以上。みな行進の要領は同じである。いずれも装いは分に応じて最高、華やかに艶やかに秋の陽に映えて美しく、見物衆の歓声を呼ぶ。

以上の集団が二条城に吸いこまれてから、ようやく中宮の行啓となる。束帯姿の先駆の大名二十数名が騎馬で進む。それぞれ従う者は四役から成っていて、一大名でも多数に及ぶからこれだけでも相当なもの。次の集団は殿上人、公卿方である。これも一人につき多数の供が定めに則って扈従するから規模は大きい。殿上人、公卿方もみな官位に応じての正装である。見物衆には絶えて目にすることのないものばかりである。しんがりは大野豊前守長信《ぶぜんのかみながのぶ》以下のお付武士五名。さらに将軍家光から特に遣わされた柳生《やぎゅう》又右衛門宗矩《むねのり》等六名。中宮に添って入城した総数は一四一五名と記録されている。

次に女院（中和門院）の行列。殿上人十八名が露払いの役、次いで公卿五名、そのあとに九条右大将幸長《ゆきなが》。それにつづくものが傘持、白張、等々と役名のつくものがそれぞれ八名、六名、二名、四名と規定のお供を従えて進む。ここでちょっと間隔をおいて一条右大臣昭長《あきなが》の同様多数の供をひきつれての行進がつづく。これで終りかと思えば、しんがりは西園寺大納言公益《きんます》。二人の供があとについて女院の行列は終わる。

それにつづいて女一ノ宮《いちのみや》、女二ノ宮《にのみや》のお渡りである。

当日の主役はいうまでもなく後水尾天皇である。まだその行列の気配はない。当然である。出動可能な殿上人や公家衆は、今までの行列で全部一旦は二条城へ入られたわけだから、何とかせねばならない。最高の格式を誇示すべき天皇の行幸には、今まで以上の規模の枢要な陣容が揃わねばならない。かねての計画どおり殿上人や公家衆は、ひそかに巧みに二条城から反転、御所に戻り二度のお勤めをなされたのであった。何百年に一度の盛事に参画できるのだから、宮仕えの冥利につきるとみな素直にそう思われた。

後水尾天皇はご出発までに御所にて、このような儀式をなされていた。公家風の束帯姿の将軍を引見し、おごそかに「二献の儀式」を執り行われた。家光はこれが終わると急遽二条城へ入り、主上をお待ち申しあげる座についた。

後水尾天皇いよいよ紫宸殿から出御。秋晴れの下、いとも高貴で雅びの風があたりの気をひきしめた。――束帯希代の美麗を競う――徳川実紀はそう記している。

冷泉《れいぜい》少将為尚《ためひさ》と水無瀬《みなせ》中将が並んで進む。いよいよ天皇お召しの鳳輦が動く。かつぐ者、白張装束の舁《か》き手八十六名。もちろん鳳輦の前後にはさしはさむ形で前駆と後駆が必要であり、それぞれ公家衆が威儀を正して二列に進む。しんがりは関白左大臣近衛信尋、これはいうまでもなく牛車《ぎっしゃ》の中である。牛車も豪華なしつらえものであるが、牛車ひとつにも作法に則り、多数の随身がお供しているから、見物衆は声をあげ目を見張る。この行列の最高責任者は所司代板倉重宗であるが、行列奉行という形で多数の武士が参加し、万遺漏なきよう百策を練っていた。

「金銀は惜しまぬゆえに見苦しきことはなきように」という「上意」は徳川方の末端にまで浸透していたから、みな真剣にこの世紀の盛事にあたった。快晴にも恵まれ行列は大盛況であった。

この行列のために徳川氏は思いきり財宝を投じた。家光のこの時代は江戸時代を通じ経済的にいちばん恵まれていた。佐渡の金山はまだまだ先の見えぬほどの埋蔵量をたくわえていた。家光はこの上なしというよき時代にめぐりあっていた。

この行幸のため新御殿は面目を一新した。調度品とひと口に言ってもピンからキリまであるが、すべてにわたって新調。そしてその意匠については、当代きっての名手・小堀遠州が細部にいたるまで目を光らせた。天皇の玉座、御膳具はことごとく黄金づくり。中宮、女院、姫君方のは金と銀とをまじえてつくられた。この行幸の総費用は金三万三千八百六十六両、米九千九百八十三石（「敬公実録」）。

天皇はしばらく休憩のあと、直衣《のうし》にお召し替えになり、うちうちのご宴席へと進まれる。最初のお盃は後水尾天皇、次は中和門院、そして中宮和子へ。天皇のお盃は秀忠へ。中和門院のお盃は家光へ。和子のお盃は父秀忠へ。二献の天盃は家光へ。中和門院のお盃は秀忠へ。三献目は初献と同様で、両家和気藹々《あいあい》と滞りなく三献の儀をおすませになったと、当日の公式の記録に記されている。

翌七日は快晴。

将軍家光からの献上品は次のとおり。

天皇…銀三万両、時服二百領、他五点、沈香《じんこう》、欄、紅糸等。

中宮…銀一万両、時服五十領、他五点、沈香、紅糸、宝玉のたぐい。

中和門院…銀一万両、時服五十領、他五点。

女一ノ宮…銀三千両、時服三十領、他二点。

女二ノ宮…銀二千両、時服二十領、他二点。

この日の午後は盛大に舞楽の会が催される。天皇、公卿、殿上人、みなご機嫌うるわしくご参加。

宮廷楽人による舞のあとには何と天子自ら箏を手にされた、それに応える伏見宮、高松宮、伏見の若宮は、簾の中にて琵琶を奏されるという盛り上りぶりであった。

天皇ご一家、摂家、宮家、大臣家には、それぞれ大名級の武士たちが奉行という名でご奉仕するという、朝廷側に最高の礼をつくしたやり方で宴はすすめられた。もっと下位の方々にも上位の方々に準じるやり方で接待は行われた。

接待をお受けになった天皇をはじめ禁中のすべての方々は、想像を超える接待の模様と美酒佳肴にいたく驚かれた。

翌八日、行幸第三日。

大御所秀忠よりの献上品は次のようなものであった。

天皇…金二千両、時服百領、他四点、香料その他。

中宮…銀一万両、時服三十領、他三点。

中和門院…銀一万両、時服三十領、他三点。

女一ノ宮…銀三千両、時服二十領、他おあそび物。

女二ノ宮…銀三千両、時服二十領、他おあそび物。

当日（第三日）の眼目となるお催し物は和歌の会であった。この上なく低姿勢をつらぬき礼をつくし、大方の予想を上廻る金銀をお積み申しあげてきた大御所秀忠の、深く隠されてきた本性が暴露されるときがやがてくる。

豊臣の関白を超えよ!

和歌の会のときの席の定め方の場面である。

天子さまはもちろん最上段。その次の席、左一の座に大御所秀忠、右一の座に将軍家光が、躊躇なく身を沈めたのである。すでに書いたことであるが、豊臣秀吉を超えることが、大権現いらいの徳川の野望であった。宿願がかなって天下人となった徳川の立場に立って考えてみればわかることである。秀吉がいつまでも健在で徳川の上位に立っておれば、まことの王者になったことの生きた証拠が示せない。朝廷に、殿上人ならびに公家衆に、全国三百諸侯に、京わらべたちに、そして全国の民草に。

極論すれば、目にものを見せる最高の場をつくるために、綿密に検討立案され、満を持して実行されたのが、今回の後水尾天皇二条城行幸であったともいえる。

天子の次に座を占めれば、どうして秀吉を超えたことになるのか。秀吉も聚楽第に後陽成天皇の行幸を仰いで、天子の次の座を占めたはずではないか。そのとおり関白豊臣秀吉は後陽成天皇の次に座を占めていた。天皇の次は関白で、誰もその間に入るものはいない。徳川は豊臣の上を行きたかったから、同じく次に座を占めても、次に関白を従えたのだった。

時代により立場により、物事は大きく変わるものである。朝廷自身も、図らずも「関白」を身内の世界から外界に渡してしまったことをいたく悔いていた。そのときのやむをえざる状況の中でそうなってしまった。平安朝以来、関白は五摂家の他には行かなかったものである……。百年の悔いとしていた朝廷は、奪還の機が到来するや機を逸せず奪いかえし、再び渡すまいとホゾを固めた。豊臣の手にしていた関白の座を、天下人となった徳川が望まぬわけはない。当然のように強硬に徳川は懇願したが、頑強な朝廷側の抵抗にあいついにあきらめた。そのうち天下の覇権を掌握した徳川にとって、関白の呼称など影がうすくなった。いつの日か、名実ともに天下人たることを誇示しうる日が到来する。漠然としていた眺望が、和子入内のことが現実となってから、秀忠には鮮明な画像として迫るようになった。天皇の岳父となれば、関白などに一目おく筋はないではないか。古来何百年来、天子の次の座は関白であっても、天下の大御所にして天子の義父となれば、関白を下位に据えようとも、あえて僭上の沙汰とは思わない。

この席順についての徳川方の理屈はこのとおりであった。ただ招待申しあげた客人を下位におくことについての作法上の問題は、徳川の「理」とすることの他に存在するはずであった。ただそれら一切のことに超然として己が理を敢然と押しとおしたところに、秀忠の辣腕ぶりが覗いている。

翌九日、行幸第四日。

天覧の猿楽が上演される。お別れの催しである。催しの中身よりも席順の定め方が問題となる。殿上人といえば、口には出されずとも自負、自恃《じじ》の思いが人一倍強いお方が多い。昨日の和歌の会の定め方で、秀忠の強引さに痛撃をおくらいなされているから、今日は覚悟ができている。ところが、開いてみるとこうだった。

天子は最上席。これはきまっている。次はといえば将軍家光、つづいて徳川御三家と駿河大納言ときたのである。将軍とその兄弟格を臆面もなく、天子を除く全参加者の上位に据えた。秀忠の綿密な計算、傲岸不遜を地でいく手の内を、昨日と異なる発表の場で平然と衆人の前に示した。あと五摂家以下はほぼ決まり通りである。親王、門跡とつづいていった。

将軍につづいて、親藩徳川御三家、ならびにそれに類する駿河大納言を、本日の最高に栄誉ある位置に座らせて他を睥睨《へいげい》させる。名実ともに徳川の天下人たることを、昨日につづく晴の場で、遺憾なく実証した。余人の真似のできぬ、ケタ外れの豪華な散財ぶりも、これで十分もとはとれた。

猿楽が終了してから、家光は謹んで後水尾に奏上する。

「このあと今宵も宴席を設けますゆえ、ごゆるりとお過ごしたまわりますように」

帝のお言葉がかえった。

「美酒佳肴を連日十分頂戴した。公家衆はみな沈酔しているゆえ、ご無用に」

猿楽の終演をもって予定の行事はすべて終了したが、今宵も帝の二条城でのお泊りはつづく。

翌十日、行幸五日目。還幸の日である。

中和門院は皆の衆より一足お先に午前十時ごろ御所にお帰りになった。

天皇は気力、体力ともに衆にすぐれられ、けさも凛々の風を見せておられる。あれだけ呑めば二日酔いの人の多いのも無理はないが、この帝にその気味はない。よほど肝臓がお強い。午後一時頃ふたたび天守閣に登ってみたいとのお言葉あり、将軍家光はよろこびお供申しあげる。東山三十六峰から洛北、洛西の遠い山々のたたずまいを、飽かずにゆっくり眺められた。

天守閣から下りられ少憩のあと、家光から主上に一品の献上品があった。この時代において容易には手に入りにくくなっていた小野道風の真跡であった。梨地蒔絵の箱に納められ、金作りの枝に結い下げるという趣向の凝らされたものであった。

還幸にあたって天子にさしあげたお土産は、稀少価値の高いすぐれたものであったが、参加の全員の方々にも、上下を問わず洩れなく、分に応じたものが手渡された。その他今回の行幸のために新たに調達された金銀の器物、文房具、茶具、香の器、その他すべての新造品は御所に奉呈された。

幕府が今回の行幸の日程の中で、社交の場をとおして示した人の意表をつく横暴さは、ひそかに人々の顰蹙《ひんしゅく》を買ったが、その他の点では徹底して誠意を示した。受ける側の人々を、よくぞここまでと感じ入らせるまで、きめこまやかな心くばりを惜しまなかった。

五摂家、九清華《せいが》家へは銀入りの太刀に添えて銀八千両、時服何十領というもので、お土産としては破格のものにちがいない。

末端の女房連中に対しても、一例をあげれば次のようなものである。中宮付女房六名に対し、銀五百両と時服は十領ずつ。女院の女房連にも同じく銀五百両と時服十領ずつ。みなが目をむくほど予想外のものであった。

大御所秀忠はわが子将軍家光をかえりみ、大満悦であった。豊臣を見返し、向うを張ることも申し分なくやりとげられた。広く天下にも徳川政権磐石の印象を与えることができた。

父子がこうしてしみじみと行幸成功のよろこびをかみしめているとき、さらにもう一つ吉報が追いうちをかけてくる。中宮和子に三度目のご懐妊の兆しが明らかとなったというものである。三度目の正直ということがある。

「今度こそ皇子であろうぞ！」

秀忠の小鼻がふくらみ、思わず高らかな声が出る。純な願望があふれている。

「御意！」

応える家光の声にも力がこもっていた。

幸運の星はまがうことなく、今まで以上に明るい光を、徳川の方に向かって放ってくるように見えた。

大御台所の死

しかし吉凶は流転する。

天皇還幸の翌日、寛永九年（一六二六）九月十一日、江戸城から急使が二条城にとびこんでくる。

――大御台所様ご危篤――

直ちに旅装をととのえ、江戸城をめざしたのは、将軍家光の弟・幼名を国松丸といった忠長だった。駿河大納言という大きな官位をいただき、先日のあの和歌の席では、宮中の長年の伝統を破って関白の上位に座を占めたが、まだ当年とって二十一歳の若者である。

因みに言えば将軍家光といえども、忠長より二年年長の二十三歳。後水尾天皇も三十一歳、中宮和子は二十歳。みな数えでこうである。もっとも、このとき下位におかれた公家衆も、全て若かったはずである。厄年を越えたら隠居するのが通例であった。あのとき最年長の大御所秀忠は五十歳。

横道にそれたが、親思いの忠長は必死に馬を走らせ、十五日に江戸城に駈けこんだ。しかし母上はすでにこと切れていた。忠長はどれほど懸命に走ったか。おそらく七、八騎は主君と行動をともにしたと思われるが、主人の驀走にはついていけぬ者が相次ぎ、主君とともに江戸城に入れたのは矢崎二郎八と青木藤五郎の二人だけだったという。

お江の方は兄の家光よりも弟の忠長が好きであった。家光はお福の盲愛ぶりが災いしてか、どうも母の目にはよく映らない。次代を担うにふさわしい成長ぶりを示さない。それに比べ忠長は弁《わきま》えがいいし、すべてにおいて次期将軍にかなうものを具えている。御台所を風下において大奥をとりしきっているようなお福への反感もあり、御台所のまことの胸のうちはそうであった。

事実はお福の水面下での工作、大御所家康を駿府に訪ねて、次期将軍職はぜひとも本筋どおり嫡子の家光さまを、という作戦が効を奏し、順当に兄家光が三代の座についた。それ以降家光が、見違えるように将軍としての器量を身につけていったことは事実であった。立場が人をつくるということもあり結果的にはよかったが、若いときの人物評価は大方の見るところ、御台所と同じく忠長の方に傾いていた。

激動の時代のまっただ中を、思うさま運命の荒波に翻弄されて、並ならぬ一生《ひとよ》を生きたひとりの女《によ》人《にん》は世を去った。享年五十四。

十一月従一位を追贈される。

第三章　菊の園

勅許紫衣事件

後水尾天皇二条城行幸のおよそ三十年前、当時の国の運命を左右する大きな事件が、京の都で起こった。方広寺大仏開眼供養直前の鐘銘事件である。「国家安康　君臣豊楽」の文字をとり出して、これは家康呪詛の文字を刻みこんだにちがいないと断じ、秀頼を死地に追いやるきっかけをつくった事件である。

徳川方で、その首謀となった人物は、金地院崇伝《こんちいんすうでん》である。「黒衣の宰相」といわれ幕府内で家康いらい信任が厚く、影響力は強かった。

この人物が、「二条城への天皇行幸」で京での徳川人気がようやく上昇気流に乗りかけたところを、急降下させるような事件をひき起こした。

「紫衣《しえ》事件」と呼ばれるもので、天皇の激怒を買い、朝幕間の軋轢を長く修復不能に近い状態にまで追いやる基をなすものであった。家康存命中の慶長十八年（一六一三）に、幕府はすでに「勅許紫衣《ちょっきょしえ》法度《はっと》」をつくり、武家伝奏を通じ朝廷に申し入れていた。天皇の尊厳に掣肘《せいちゅう》を加える一項を入れたものので、朝廷側の容認しがたいものであった。高僧に紫衣を勅許することは、天皇の保持する最高の権威の表明のようなもので、与える方も与えられる方も、他から嘴《くちばし》をさしはさまれるとは夢にも思っていなかった。徳川幕府はその聖域にも足を踏み入れて、「その前に幕府の許可を得られるべきこと」という一項を加え、朝廷に申し入れをしていたのであった。

寛永三年（一六二六）、二条城行幸の準備のため崇伝は上洛し永く京に滞在していた。その間、所司代板倉重宗とは何度も会談する機会があり、京都の各宗各派に対しても、独自の慧眼を光らせ探索するところがあった。

崇伝という人は、よくいえば頭脳明晰、注意力抜群、俗な言葉でいえば粗さがしの名人、摘発の名手だった。所司代に資料は十分にあり、崇伝はそれを丹念に調べあげた。

「大徳寺、妙心寺派の僧侶たちで、紫衣勅許を受けた者をくわしく調べあげたが、数も予想以上に多いが、少々腑に落ちないところがある……」

崇伝はそう言いだした。

「四十歳未満で勅許を受けた者が、九十余名にも及んでいるとはどういうことでござろうか。十代で寺に入り、師について三十年修行を積んだとする……。少々おかしいのではないか」

おおよそ以上のような判断が、崇伝流追跡調査の結果みちびき出されてきたものだった。崇伝は板倉重宗をつかまえて、熱弁をふるった。これは要するに勅許の濫授である。みだりに授けているというのである。崇伝はそう結論づけ、板倉に武家伝奏への伝達を命じた。

将軍から全幅の信頼を受けている金地院崇伝の命を受けた所司代重宗は、直ちに武家伝奏を訪ねる。強い崇伝の主張を耳にしたからには、所司代としては将軍直々の言葉と受けとめ、強くあたらねばならぬ。

武家伝奏の三条実条《さんじょうさねえだ》、中院通村《なかのいんみちむら》の二人は、これを聞いて魂消る。幕府の傲岸不遜、厚顔無恥の手口には馴れているが、紫衣勅許にまで踏みこんでくるとは、思ってもいなかった。

「この件については上奏できませぬ」

気鋭の通村が、間髪を入れぬ勢で反論する。

「論外である」という苦りきった表情に、年長の実条もなっている。「モノも言えない」という感じで、通村に先を言わせる。

「あまりにも主上を無になさるお話。お考え直しを願うしかありますまい」

重宗はひき下がれない。同じことをくり返す。初めて三条実条が重々しく口を切る。

「特に大徳寺、妙心寺二派の僧侶出世については、すでに勅許の綸旨《りんじ》を賜わっているものです。〈綸言汗のごとし〉の言葉、将軍家においてご存知ない、ということはありますまいが」

「畏れながら天子様のご尊厳、十分わきまえなさった上にての上意にござりまする」

両伝奏はわざと無表情のような顔を見合わせる。

上意とは将軍の意向にすぎない。幕府はいろいろな法度をつくって朝廷を制約してくる。古来入りえないところ、入るべからざるところにまで踏みこんでくる。

思い返せば、殊に中院通村は何度所司代と激論を戦わせてきたことか。帝のみ心のうちがいちばんよくわかるのが通村である。通村はグッと膝を乗り出した。

「百歩ゆずって、今後のことはともかくとして、すでに勅許を下されしものについては、われら承服いたしかねます。一天万乗の天子さまのお立場というものをお考えありたい」

重宗は正面の空間を見つめていたが、やがて口を切る。

「天子様のご尊厳についてはは弁えておりまする。されど今申しあげておりまする事は、すでに慶長十八年に出ておりまする『勅許紫衣法度』により、帝もご納得いただいていることにござりまする」

内裏では激論が沸騰して収まるところがない。

幕府の押しつけてきた法度で咎を受ける……。何とも嘆かわしい。それにしても綸旨が無効にされてよきものであろうか。天子さま直々の紫衣すら剥ぎとられなされては、世も末と申すほかござりませぬ。それを覆す手だてがないとは……。

武家伝奏を通じて知らされた青天の霹靂のような話は、都の各宗各派の大寺に時をおかず伝わり、鼎《かなえ》をくつがえすような騒ぎは全山に沸き起こり収束するメドは容易にたたない。

幕府がいかに法度を盾にとろうとも納得するものなどいない。しかし幕府はあくまで「法度」を前面に押したてて引き下がらない。金地院崇伝を参謀とする未曽有の策略は、幾つもの強い波紋を続発させながら寛永四年（一六二七）は過ぎていった。

大徳寺北派の沢庵宗彭《たくあんそうほう》、玉室宗珀《ぎょくしつそうはく》、江月宗玩《こうげつそうがん》連名の抗弁書が、幕府に提出されたのは寛永五年（一六二八）三月だった。理を尽くした抗弁書は堂々としており剥奪しようとする幕府に対し、正面から加えた反論は、痛烈にして説得力があった。

主役の崇伝や脇役の林羅山《らざん》は、内心では抗弁書を出してきた沢庵らの意中を理解しながらも、立ち向かってくる相手の敵愾心の強さを感じれば感じるほど、むきになって強硬態度に出ようとする。抗弁書を受けて崇伝は硬化した。沢庵らもそのくらいのことはわかりながら、やむにやまれぬ思いでやったことではあった。

シッペ返しのきついのは幕府流、秀忠流であった。アメとムチの使いわけは天下一品であった。今までの展開の中でも、それは節目ごとに鮮明に現れていたが、今回でもそれが出る。この件の場合は、事の起こりから矢面に立ったのは崇伝であった。しかし崇伝は常に将軍秀忠とは緊密な連絡をとっており、不離一体といえる間柄であった。

強硬に幕府に反抗してきた沢庵らにはついに鉄槌がくだる。翌寛永六年（一六二九）七月、〈流罪〉が申し渡される。配流先は出羽上ノ山春雨庵。配流生活は三年に及んだ。寛永九年（一六三二）七月、ようやく沢庵は釈放される。その大きな要因となったものは、この年の一月二十四日、大御所秀忠が享年五十四にて薨じ、その恩赦によるものであったとされる。

勅許紫衣事件により被害を蒙り、反発し、憂き目を味わった名僧、高僧は多数いるわけであるが、その代表格として沢庵をとりあげた。この人は大根漬けのタクアン、タクワンの創始者として有名であるが、時流に乗らず、権力におもねらず、独自の人間的魅力を放ち、一歩並を超えた影響力を持っていたことは事実。将軍家光の帰依も厚く、品川に本徳寺を開いたという。

この人の釈放に力を尽くした人たちとして、次の三人の名が挙げられる。大僧正天海、柳生但馬守《やぎゅうたじまのかみ》宗矩《むねのり》、堀直寄《ほりなおより》。大僧正天海は、悪役を演じた崇伝よりおくれて幕府と深いかかわりを持つようになったが、年齢も崇伝より四十歳以上も上で、半ば超然と幕府内に君臨していた。百八歳ともいわれる記録的な長寿の人であった。なお、金地院崇伝は、沢庵が釈放された翌年、寛永十年（一六三三）、気脈の極めてよく通じた主君秀忠死去の翌年にこの世を去った。

崇伝は時代の転換期をなした二大事件の、裏面での立役者の役割を果した。第一は豊臣秀頼を苦境に追いやる遠因となった方広寺の鐘銘事件。家康呪詛の文言ありと主張して、方広寺を破却し、豊臣衰滅への基をつくった。この時も崇伝と林羅山はコンビであった。

第二は今回の勅許紫衣事件。これによってすでに積みあげてきた徳川の底力を、いっそう強力に世間に見せつけた。朝廷を超える力を幕府は持っているという証拠を、見せつけたようなものである。

しかし今記した第一のことはともかくとして、第二のことについていえば、大いに問題がありそうである。もはや向うところ敵なしという権勢の強さを、幕府が朝廷に示し、天下に見せつけたことは事実である。しかし屈辱を受けた側の怨恨は、深く根強い。

それにしても、新しい時代を築いていくのに、崇伝の果した役割は大きい。徳川の功臣はあまたあったであろうが、崇伝の行ったことはひと味ちがう。トラブルメーカーというラベルを貼られているが、余人のやれぬ荒技を見せた。それが将軍の気に入ったのであろう。家康にも尽くしたが、後半では秀忠の支柱となった。秀忠の対朝廷、対後水尾との対決に、カゲで崇伝は少なからぬ力となった。

円照本光国師――幕府部内ではそう崇められた。京の都では、かつて見たことのない怪僧、悪僧だった。誰が奉ったか、このような尊号が贈られた。大欲山気根院僭《せんじょう》上寺悪国師。

崇伝が京の都でこれほど嫌われたということは、逆にどれほど懸命に幕府のため健闘したかということになる。崇伝は主君秀忠を尊敬し、秀忠も尊師として崇伝を敬愛した。一心同体となって事に対処し成果を生んだ。

しかし吉・凶は流転する。勝・敗は変転する。慶事のあとには凶事がくるものである。徳川が勅許紫衣事件の中で、一方的に押しまくったツケは、必ず来るといわねばならない。

驕る勿れ　関東！

金地院崇伝のひき起こした勅許紫衣事件が、国中を憤怒と混乱と喧噪の渦に巻きこんだのは、寛永四年（一六二七）のことであった。崇伝から命を受けた所司代板倉重宗が、三条、中院の両武家伝奏に幕府の意向を通告したのが発火点だった。

名刹《めいさつ》、大寺の受けた衝撃は大きく、その怒りの火は日一日と火勢を増し、都のすべてを舐めつくす勢いだった。

聞く者はみな怒りの声を発したが、ひとりそれ以来、口を緘して語らず、万感の思いを丹田におさめて機を狙っている人がいた。

後水尾天皇であった。

「譲位！」

これしかない。幕府とのつきあいは金輪際ご免蒙りたい。何の因果でこのような目にあわねばならぬか。かつて一度この言葉を発して、自由奔放の境地を望んだ自分であったが、わが願いはかなわなかった。今度は断行する。

「幕府にしかとその旨伝えよ」

強く言い切って帝は口をグッと結ばれた。

三条、中院の両武家伝奏は、静かに簾《みす》を引き下がった。二人だけになってからじっくり話しはじめた。

「こたびのご譲位の宣言は面白いことになるやも知れませぬ」

若い通村が三条に話しかける。

「さよう、先日沢庵宗彭さんたち三名は連署にて抗弁書を幕府にお出しなされたとのこと」

「沢庵さんのことゆえ抗弁書は確たるものでございましょう。助かろうなどと思って書かれたものではございますまいから、幕府も少々はこたえましょう」

「さよう……」

年長の三条の顔も思わずほころんで、

「中院さんの言われる通り、譲位のご宣言は、こたびに限ってはたしかに面白いやも知れませぬ」

若い通村は、その三条の言葉にかぶせて、

「抗弁書で動く幕府ではございませぬ。動かそうと思って書かれたわけでもございますまい」

「そのとおり……。幕府はきっとよけいに強硬姿勢に出ようとする。その矢先に帝の〝譲位！〟のお声がとどいたら……」

二人の意見がピタリと一致した。局面が好転するやも知れない。幕府のいちばん恐いのは、帝の〈譲位！〉のひとことである。後水尾はお与津さま事件のとき窮地に立たされ、これが口をついて出た。〈逃げ〉の姿勢を公開するようなもので、人一倍誇り高く自負の心が強いお方ゆえ、決して好きでいうのではない。たとえ帝の奥の手とかげ口をささやかれようとも、このひとことしかない。だから出る。また出てしまった。

何日かがたった。一ヵ月以上もたった。いまだに幕府からは何の応答もない。所司代は早馬で江戸城へ、帝のご譲位の宣言のことは知らせているはずである。何らかの将軍の回答は、折り返しとどいているにちがいない。しかし所司代は何の動きも見せない。武家伝奏にはむろん何の声もとどいてこない。

そのうち、思いもよらぬ噂が静かに内裏に流れはじめた。

幕府は帝の譲位のご宣言をお受けするらしい……。

高仁親王がお見えになるからである。おんとし三歳。中宮和子所生の最初の皇子である。後水尾天皇二条城行幸のとき、女一ノ宮、女二ノ宮のお二方はすでに誕生されていた。そのとき中宮和子はご懐妊中であったが、そのおん子が高仁親王である。

徳川の血を引く皇子を天皇に即位させ奉る——それが徳川の悲願であり宿願であった。それがかなうときがきた。

天子おん自らのお勧めとあらば、謹んでよろこびお受けいたします。好機は逸してはならぬ。数え年三歳の皇子の天皇即位は少々早いが、過去にはいくらでも例がある。それを百も承知で、後水尾は申し出なされた。お受けしない手はないではないか。早くやれ！　巧遅よりも拙速――それが戦いの要訣である。将軍秀忠の命令一下、ただちに手はうたれる。

仙洞《せんとう》御所のご造営――時をおかず最高の策が練られ、実行に移される。立案から細部の実施段階にまで、一流の陣容が揃い、それぞれの部署が遺憾なく力を発揮していくのが、幕府の底力であった。槌音が高らかに内裏にひびくのにさほど日数はかからなかった。仙洞御所――ご退位ののちにはすぐお入りいただかねばならぬ所。急がねばならぬ。

珠砕け散る

この情況を苦々しい思いで横目に見ている人があった。後水尾天皇である。いや内裏に起居するすべての人々は一様にそうであった。最も不快に堪えない人が後水尾天皇だというだけである。

綿密な計算のすえ譲位の宣言がなされたわけではない。譲位の決意を表明するという対処で、幕府の出方を窺う。そういう無意識が、なかったといえばウソになる。

相手の幕府も、帝の気持ちは十分わかっている。わかっていてウラをかいて、この挙に出ている。財力にモノを言わせ、権力をカサに着て、人の心情を踏みにじる。許しがたいと帝は考える。

軽快と陰鬱が同居しているような世界が、内裏というところにひろがっていた。明快な談笑と活動の世界と、陰々たる沈黙と無為の空間が、大きな禁中の中にともにいた。融合しがたい雰囲気である。このままでは息がつまる。

そのような異様な情況の最中、耳を疑うような情報が飛びはじめる。


高仁親王、にわかに御病気！


所司代板倉重宗は脳天を粉砕されるような衝撃をうけた。むろん時をおかず早馬を江戸城に向けて走らせる。幕府お抱えの名医の緊急の上洛を要請するものだった。洛中の諸社諸寺への快癒祈願のこともあわせお願いする。

しかし悲報は意外に早くきてしまった。

高仁親王は薨去された。享年三歳。寛永五年（一六二八）六月十一日のことであった。

麻疹《はしか》や疱瘡ならあきらめもしよう。というのは当時の常識だった。一旦かかってしまったら、手の打ちようがない。いかなる名医の手あても及ばないとされていた。

病因はそのような致命的な伝染病とか、天災のような悪疫とか不治の難病とかのたぐいではなさそうだった。医師《くすし》はむろんまいられた。それから何ほどの時がたったか。アッという間であったという。医師とはいったいどういうお方であったか。女衆はただおろおろして顔を見合わすのみで、医師の観察など微細に行っているものはいない。むろん医師団は複数であったにちがいない。

外部から不審な者が入りこむ隙などどみじんもない。ただ、風のように来て風のように消えていった影のような医師団らしきものはあったらしい。幕府の廻し者——何と奇妙なこと。幕府は中宮御所の警護には、蟻一匹の出入りすら許さない完璧な防衛態勢である。怪しい者の出入りなど到底許さない。また幕府が何ゆえ怪しまれるようなことをするか。

女衆の話をいかほど総合して辻褄を合わせようとしても、風とともに来て風とともに消えていった一団の医師団らしきものがあったということだけで、つかみどころはなかった。

内にも外にも忽ち話はひろがり、噂はとどまらない。大方の声は固まってきた。

誰かが一服盛った——所司代の近辺。ここで不謹慎な話はご遠慮いただきたい。幕府の側にかかわりがあるわけはござらぬが何にせよ謹まれたい。

内裏の中。世上の慎みなき話をあおるごときことは厳につつしむこと。かりそめにも皇子《みこ》の突然のご不幸にかかわること、心をひそめご冥福をお祈りするのみ。いうまでもなく卑しきつくり話のかけらも禁中にはない。

病というものは外からは見えない。寿命は天命である。露の命、とはたとえ話ではない。高仁親王さまは一天万乗の君たるべき命をいただかれて、この世に生まれ落ちなされたが、痛ましい限りながら早々とお消えなされた。いたし方がない。女御御殿の女衆はみなそう語りあった。

中宮和子の嘆きは大きかった。悲しみの棘は深く鋭く心にささり、容易には抜けがたかった。泣きに泣いて数日をお過ごしなされたが、日とともにいくらかは悲しみの刃も鈍くなり、ようやくお顔を上げるようになられた。おつきの女衆もともに心安らぐ日もついにきた。

実はこのとき、中宮和子はかなり身重であった。第四子を懐妊中であったのである。高仁親王三歳の急死は、思い返せば思い返すたびに、いたく心に突きささる悲しみではあったが、若い中宮はいつまでも沈んではいられない。そのうえ、心静かにお腹の工合に思いをいたしてみると、今度も皇子であるような予感がする。

そのようなことをお付きに洩らされたのが、めぐりめぐっていつのまにか所司代板倉重宗の耳に入った。重宗も高仁親王突然の夭折には、心身極度に消耗する痛手を蒙ったが、明るい前ぶれに、また心弾み元気あふれる思いで、直ちに江戸の大御所に朗報を送った。大御所秀忠もそれを聞くと、まだ定かではない話であっても、先日の痛撃から久しぶりに解き放たれて、大きく破顔一笑する。よしよしまだまだ先がある。次に期待しよう。心の暗雲を吹き飛ばして、次に身構える生来の闘志があふれてくるのであった。

勅許紫衣事件が、朝幕ともに悲運を招く因をなした。紫衣を特定の高僧に勅許するという、天皇に残された数少ない行為にすら、幕府の了解をえなければできないということは、天子の座の尊厳など根こそぎ剥奪されてしまったも同然である。財力による権勢の誇示を、機会をつくってはさんざんやってきた幕府である。そのつど天皇をはじめ禁中全般に洩れなく多額の金品を献上してきたことは事実である。

しかしそのシッペ返しの方がきつい。施しをしたあとでは、必ずと言っていいほど非情で横暴な行為を平然とやるのである。それが幕府の常套手段であると言っていい。

殊に自尊の心を豊かにもって生きることが、一天万乗といわれる天子の座に立つものの自然であり当然の姿である。という風に自他ともに思う環境の中で、生まれ育ってきた人である。その方を利用しようとする心が底にあるような幕府の行き方では、初めから申し分のない調和、協調は無理というべきである。

将軍秀忠はひとりになると考える。

〈先君大権現も自分も、天下を掌握した上では、朝廷と姻を結ぶことが、残された最後の大きな望みであった。同じ立場に立てば誰しも考えることであろう。ここまで登りつめたわが徳川の血にも誇りがある。中宮和子は宮中に入っても、決して恥ずかしからぬ気品と資質を具えている。帝ですら、和子をひと目見たときの印象を、微笑ましく語っておられたというではないか。もう少々骨太かと思っていたら宮腹のように優しかったとか、いやそれよりも雅びで床しかったとか……。とにかくわが子ながら和子は類稀《たぐい》である。今般の若君の急死は残念であったが、次に期待をかけよう。多分噂どおり男子であろう。それにしても、妙な空白期間をつくってしまったが、それをどうするか……。帝はわが方に向って「譲位！」を宣告したが、受けたこちらはだんまりのままじゃ。ちっとも返事はしておらぬ。〈独白〉があったということにして、聞いたとも聞かぬとも返事はしておらぬわけじゃ。しかし正直いえば、わが方も少々横着だったかノウ。返事はせずに、返事がわりの仙洞御所造営をやってしまったわけじゃから。もうそろそろ仙洞御所も完成しようぞ。和子はきっと皇子を生んでくれる。それから話はどうにでもなる。何も心配することはない。〉

珠ふたたび砕け散る

秋風が吹きはじめた頃、風に乗るように吉報が飛びこんできた。

中宮和子第四子ご出産――玉のようにうつくしい皇子であった。かねて和子の予感されていたとおり、つづけての皇子であった。よろこびの中宮御所から、しらせはすぐに所司代へ。所司代は直ちに早馬を江戸城に向けて走らす。

皇子ご誕生！　江戸城に喚声がとどろく。万々歳。大御所秀忠の顔が、何ヵ月ぶりかに生気にかがやく。大きな顔がひとまわり大きくふくらみ、ほころぶ。新皇子対策班は、大御所の特命を受けて即刻うごきだす。新生児といえども、所司代に送るべき指示事項はあるのである。

中宮御殿もよろこびと緊張の入りまじった異様な雰囲気の中で沸いていた。三ヵ月ほど前の、あの高仁親王のことがあるから、みな言わず語らずのうちに表情がちがう。強《こわ》ばってくるのを無理にほぐし、ほころんでくるのを無理に強ばらせたり、女衆はみな他所《よそ》いきの顔になって、たえまなく動きまわっていた。

二日たち三日たち四日たった。徐々におおらかな寿《ことほ》ぎのいろが御殿にひろがりはじめた。中宮和子さまのお肥立ちはいかがであろうか。どうやらお健やかにお過ごしのようである。にこやかに微笑まれると見られる笑くぼもお見せになって、ご機嫌よさそうである。底から湧いてくるお祝いの気が、ようやく御殿の女衆の皆々に、芽生えてくるようになってきた。

八日目の朝。

若宮様は突然薨去された。

誰も彼もみな茫然とうつろな眼を虚空にむけて、立ちすくんでいた。たった八日だけのお命だった。

言葉らしい言葉はひとことも聞こえてこない不思議な空間が、中宮御殿をくまなくおおっていた。

外は明るいのに息苦しい。沈々陰々の気が立ちこめてくる。

ご出産以後、御殿は無論、ふだんとはちがっていた。御殿は平生の女衆だけが立ち働いていたわけではない。皇子ご誕生以後は、位の上の方も低い方も含めて、ふだん見ない男衆の顔が現れたり消えたりしてはいた。当然であろう。けさの八日目も同じこと。多分医師の一団であろう。風のように来て、風のように消えていった。思えば、そのあとやたらに長い時間はたっていない。若宮様のご急死が告げられたのは……。

おからだの具合がどうだったとか、お加減がどうだったとか、そんな声はどこからも聞こえてこない。どんな風にして亡くなられたか、死因は何であったか、誰も聞こうとしないし、押し黙っている。廊下の片隅で、女衆の頭が二つ三つ相寄ると、ヒソヒソ話が始まってはまた散っていった。思いもよらぬ急死、不思議な突然の死――ということだけは誰の目にも明らかであったが、喉の奥に物がつかえたような違和感はどうしようもなかった。

中宮和子は目先が真っ暗になって、息も絶えだえに見えた。絶望の淵にただ沈んでいるしかなかった。母上がおかくれになってから、悲しいことばかりわが身にふりかかってくる。三歳の皇子が突然露のように消えなされたと思ったら、今度またまた……。

秀忠――われ敗れたり！

江戸城において大御所秀忠は、ひとりただ唸る。

〈どうしておれはここまで甘かったのか。高仁親王のときチラリと疑念が頭をよぎらぬではなかったが、強くそれを否定する気があった。よし、次がある、心配するな――自分を励ましていた。〉

〈次もまたやられる――とは思ってもいなかった。やられた……とは思っていなかったんじゃから。宮方が皇子を殺めるなど、考えられるか……。それが甘かった。一服盛られる……。そのようなこと、どうして思えるか。〉


大御所には理解できない宮方の、恐ろしさ、逞しさ、猛々しさがあるかもしれない。金地院崇伝などという稀代の奸智と凄腕の側近を幕府は抱えているが、後水尾にも崇伝に勝るとも劣らぬ深慮と怪腕の持ち主がいるかもしれない。いや、側近だけの話ではない。頂上のお二人はどうなのだろうか。秀忠も後水尾も、それぞれ類稀なまでに強烈な個性の持ち主であり、信念の固まりのような人である。テコでも動かないほど妥協をゆるさないところも、独自の偏見の強いところも、両者ともに共通している。ドロドロの「血」をめぐっての抗争を辞さない二人の勝負であった。思えば「血」を意識するあまりに始まった朝幕和合の企てであった。原点に帰れば、徳川が始めたことではあった。

御所通　忠興

細川幽斎とその子忠興は父子揃って文武両道の武将であった。忠興の妻はガラシャ夫人で、そのことにはあとでふれるとして、今は幽斎と忠興父子について……。この父子は他の全国諸大名と比べ、はっきり違うところがあった。殊に宮中とのかかわりにおいて、他とはまったくかけはなれていた。〈古今伝授《こきんでんじゅ》〉ということは御所の歌学の歴史の中で重要なものとなっていた。その古今伝授が一時危うく途絶える危機にあったところを、細川幽斎の力で救われたとされている。幽斎は武将としても歌人としてもすぐれていて、御所との親密の度は非常に濃いものがあった。その幽斎の子が忠興で、父に負けず劣らずの才人で、御所にとっても貴重な外界とのパイプ役を果していた。大名社会においては、別格の「御所通」であった。

後水尾天皇は、覇気満々、雄心勃々というなかなか豪気肌の天皇であったが、学問好きという点でも定評があり、殊に歌学に対する関心と造詣は、天皇という立場を別にしても非常に深くすぐれていた。中院通村も、〈能ある鷹は爪をかくす〉で、実はこの歌学の面で当代随一と言ってもいいほどの学者だった。この通村は二条家歌学の〈古今伝授〉を受けており、折にふれ宮中の学問所でご進講もしていたのである。

幽斎と忠興という親子関係を言えば、後陽成と後水尾という同じ関係にも一度はふれねばならない。

この天皇お二人も、揃ってなかなか天皇の枠を越えた豪傑肌の方々であった。同時に学問尊重、歌学愛好という点でも、お二人揃って衆にすぐれて立派であった。両家の親子のちがうところは、幽斎父子の場合は親子の仲は良好であったが、天皇家の場合は、側近もみな認めるとおりあまり芳しくなかった。というよりむしろはっきり不仲であったと伝えられる。

忠興の妻・たま細川ガラシャについて……。余談のようであって、そうでないところがいくつかある。

明智光秀の女《むすめ》で忠興のもとに嫁ぐ。稀に見る美貌と、きらめく才華の人として世に知られ、秀吉に目をつけられたら最後と、人目につくときにはアラブの女性のようにベールをかぶっていたという話がある。また或る日、細川邸で植木職人が木に登って仕事をしていたとき、夫人のあまりの美しさに見とれ木から落ちた。若き日の忠興は嫉妬深く、その職人を殺めた。後年、大器にして円熟の名君として名を馳せた忠興には、気の毒な話ではある。

散りぬべき時知りてこそ世の中の花も花なれ人も人なれ

ガラシャ夫人の辞世である。関ヶ原の戦の前、石田三成が大名諸公の夫人を人質として大坂城に集めた。大坂の細川屋敷にいたところ出頭命令がきてついに拒否できなくなった。慶長五年（一六〇〇）七月十七日のことである。夫人は自害を決意した。しかしキリシタンであったから自害は許されずとして、家臣小笠原少斎が薙刀をふるって動脈を切った。少斎もただちに屋敷に火を放って自刃する。

関ヶ原の戦はガラシャの死のほぼ二ヵ月後の同年九月十五日。夫の忠興は徳川方についた。かつては豊臣に仕えていたが、関ヶ原の戦ではそうであった。藤堂高虎の場合も同様である。変節とばかりは言えないところがあろうが、とにかくそうであった。さて、関ヶ原の戦は慶長五年（一六〇〇）で、秀吉の死はその二年前である。従って細川ガラシャの死が、秀吉の毒牙から逃れるための自決であったとされるのは誤り。同様の危険が前にあったことは事実で、混同されても仕様がないが、このとき秀吉はすでにこの世にいなかった。もう一つ話は変わるが、石田三成の人質政策は、このガラシャ夫人の死によって変換、このあと打ち切られた。

さてガラシャの死は何のため……。夫・忠興の行動に合わせるために行ったことか……。

生家の父・明智光秀が本能寺の変を起こしたのは天正十年（一五八二）、ガラシャの死の十八年前のことである。このとき明智の懇請を婚家の細川は斥けたが、このことと今のガラシャの自決とは直接の関係はない。

さて、本能寺の変のとき、徳川家康はどうしていたか。事件発生のとき家康は堺に来ていたのであった。一方、豊臣秀吉のとった行動――「中国大返し」といわれるものは有名で、その後の歴史を大きく豊臣色に塗り変えていったわけであるが、その時点ですでに隠然たる勢力を持っていたのは徳川家康だった。

豊臣、徳川の両雄が自国を離れている好機を見据え、綿密な計算の上での周到な明智の英断であったが、事は志に反し思いは水泡に帰した。俊敏隼の如き秀吉の動きにより、その後の天下統一はなされたが、最終の勝利の栄冠は徳川の頭上に輝くことになった。

その徳川家康は生涯四度の命拾いをしたといわれているが、その四度目の命がけの逃走が、本能寺の変の直後、堺から己が居城に向けて行われたものであった。わずかな手兵を率いてたまたま堺に逗留中の家康は、明智勢の来襲を察知して直ちに逃走の途につく。堺から伊勢の鈴鹿峠を越え、海路居城にかえり態勢をととのえたという。

お互いに下剋上を繰り返してきた戦国の世であったが、最終の勝利者となった徳川は下剋上を最高の大罪となし、明智を逆臣の代表として天下安寧のための己が論理をつくりあげた。

後年、家康は目に入れても痛くない孫の竹千代（三代将軍家光）の乳母として現れたお福（のちの春日局）と出会う。家康、秀忠のお福に対する信頼は絶大で、秀忠の御台所・お江の方にとってはあまり好ましい存在ではなかったが、これもやむをえぬこの世の巡り合わせであった。

お福のかちえた信任は厚く大きかった。家康、秀忠、家光の三代にも及ぶ恩顧は類稀なものであって、お福自身の女人の器量としなければならぬが、少なくとも家康の胸の中では、敗れ去った光秀のカゲが事あるごとに去来するのをどうすることもできなかった。さらに家康は光秀の女《むすめ》ガラシャにまつわる噂も十分に聞いており、お福の中にときにガラシャの面影さえ蘇るのを覚えハッとしたのであった。なお、ガラシャというのは洗礼名で恩寵という意味である。

先ほどの本論は細川幽斎とその子忠興のことであった。既述したとおりこの二人は文武両道、殊に文化人としての顔で、宮廷への出入りは自然で、多くの宮中人と親密なつきあいがあった。すでに泰平の時代になっていたから、忠興の場合なおさらであるが、貴重な型破りの人としてよろこび迎えられた。

そのような忠興の残した記録が、当時の禁中の最深部の「極秘事項」を明るみに出したものとして注目されている。

――お局衆のお腹に宮様方いかほどお生まれになっても、押し殺したりまた流したり（流産させたり）するなど殊のほかむごいことで、主上にはご無念の思いに堪えぬところであった。幾人《いくたり》おできになっても、武家のお孫（和子さま所生の子）以外は皇位につけ申さないという幕府の意図は歴然としており、ひどい所業を幕府はやると主上はお思いであった。――

中宮和子さまは多産で、天子さまのお子をつぎつぎと宿された。その間にも天皇がお召しになるお局衆はあり、(そこまではさすがの幕府も立ち入ることができなかった)事実は中宮和子の入内以後も、和子所生以外のお子も内々で幾人かは生まれていたわけである。皇女はよかったが、皇子は命がなかったという事実が、信頼のおける記録として残っているのである。

因みに、忠興のこの文章が記されたのは、寛永六年(一六二九)十二月十七日、ということになっている。

三年前の寛永三年(一六二六)九月には、記憶に残るあの二条城行幸という盛事があった。そのとき女一ノ宮、女二ノ宮はできていて、子どもながら参列し、相当な献上品を外祖父秀忠から頂戴した。あの行幸のあと間もなく徳川待望の第一皇子高仁親王の出生があり、その二年後には第二皇子が誕生した。この二人の皇子の謎の夭折のことは、すでに書いたとおりである。そしてさきほどの細川忠興手記のほんの少し前のころに、女三ノ宮が生まれたということである。

大変なことの連続だった。素直に物事に順応できる和子だったからよかったが、思わぬ荒波をかぶりかぶり、何というきつい試練によくぞ耐えてきたと思える十年だった。どれほど踏みつけられても生きる力を失わぬ、夏の雑草のような勁《つよ》さを、いつのまにか和子は身につけていたのかも知れない。

幕府の宮廷対策は、綿密かつ強靱なものであった。周到に検討された上で、一件ごとに適切な立案をし、組織のすみずみにまで〈上意〉のあるところを浸透させた。

頂点には板倉重宗が立ち、天野豊前守、大橋越前守が、それぞれ与力・同心合わせて六〇名ずつを配下に据えて、所司代軍団を構成しているようなものだった。

当然、表面的にはことさら幕府色をむきだしに出そうとはしなかったが、自ずと出てくる関東流は、都の水には馴染みにくかった。はっきり嫌われてはいけないが、甘く見られては存在意味がなくなる。司令塔の重宗は常に手綱さばきに心を砕いていた。

父親勝重に代わって十年になる。父親は硬軟の両刀を巧みに使いこなし、主君徳川の京都での礎を築くために尽力した。豊臣人気を宮中から、都から吹っ飛ばして「元和偃武《げんなえんぶ》」の新旗手は徳川であることを、禁中から都のすみずみにまで浸透させねばならなかった。勝重はその難しい時代の舵とりをし、乗り越えてきた。

武家伝奏との付き合いは、最初の試練だったが、勝重はよくやった。主君秀忠は十分に勝重の働きぶりを知りながら、息子の重宗に交替を命じた。狙いどおり、新しい局面が切り開かれた。

それは和子入内の問題が「お与津さま事件」で暗礁に乗りあげかけたころであった。新選手投入の時機を見る秀忠の判断は的中し、特命を課せられた重宗もよくそれに応えて、すべて事態は徳川の描くとおりの筋書で進行してきた。

ふりかえってみれば、予定の路線に計算どおり自らを乗せたのは徳川だった。後水尾の方は守勢のまま、徳川の起こす波に乗せられてきた。徳川は己が希望する軌道に自らを乗せたのはいいがその実《じつ》があがらない。〈葵の血〉を宮中に入れる、徳川の血の流れる天皇をつくって、その外戚となる――それが目的だったが、和子の生んだのは女一ノ宮、つづいて女二ノ宮だった。ようやく三人目に皇子が誕生したが、三歳で夭折。あきらめてはならじと、次に望みをかけた。天は徳川に味方し、和子がほどなく生んだのはまた皇子であった。しかし大喜びしたのは束の間、八日間で、はかない命の乳飲み児・皇子は、この世から消えた。

心痛後水尾

後水尾の内に秘める精神は強靱、外に見える体躯も壮健で、側近におくれをとることはなかった。それどころか、当の相手の徳川の男たちを見ても、秀忠はともかく、会ってみたら家光は意外に優にやさしくて驚かれた。というより「存外小柄じゃのう」のお言葉のウラには、はっきりと優越感がのぞいている。和子さまの第一印象も、「秀忠の女《むすめ》」とは思えぬたおやかさを覚えられたのは当たり前として、やはり「思いのほか小柄じゃわい」という印象が強くみ心にひびいて、宮腹にまさるとも劣らぬ雅びな床しさには、み心をひかれなされたのであった。

そのように強い後水尾は、実はもう昔の話で、ここのところ後ろ姿に一種うらさびしい影をときに漂わせなさるようになった。あの強かった後水尾を知る側近には心さびしい。かえりみれば、ここ三年ほど、心身のたとえがたい重圧に耐え忍んで来られたのであった。

内因性の要因が強いのではなかろうか、おからだのいたるところに吹出物のたぐいが出て、治らない。医師は懸命になって薬湯のこれぞ、と思うものを試みるのであるが、効き目が出ない。お灸がよろしい、と進言する者もいるが、玉体にお傷はつけられない。というその筋の言い分がとおり、それは沙汰止みとなる。内裏では帝の御所も中宮御殿も、すべてをおおいつくしての空間で、悶々の日がつづく。そして、或る日突然、みながアッと驚くお言葉が飛び出してきた。

「譲位する！」

何度も聞いたような気はするが、もう聞くことはないのかと側近のみなが考えるような状況がつづいていた。昔のように口からの出まかせでおっしゃるわけにはいかない。もはや空砲のようなものはお打ちにならぬと思っていたら、急にきびしくお口をついて出た。

しかし幕府の反応は、幾日を経てもまったく返ってこない。幕府のクセのようになってしまっているが、ダンマリがつづく。深く探れば探るほど、返す言葉が浮かんでこないのであろう。お言葉の発せられたのは、寛永六年（一六二九）五月七日のことであった。

六月が過ぎ、七月になっても〈梨のつぶて〉、ようやく八月になって返事が来た、のではなく曲がりくねって幕府の声らしきものが聞こえてきた。中宮御殿の橋本権大納言局《つぼね》のところへ探りを入れる書状がとどいた。その内容が漠然と明るみに出てきたというだけであった。結局幕府は帝の重要発言に対し、〈無視〉を決めこんで回答はしてこなかった。

中宮和子が近く五人目のお子を出産なさる予定という情報が入っていたので、幕府はそれに最後の望みをかけているらしい、というのであった。後水尾は心中くらく深いところで、せせら笑いをなさってみえるのがわれわれには見えた。と当時の状況を知る側近の公家衆は語りあった。

限りなく依怙地で強硬で、そのくせ他愛もなく幼稚で淡白なところが、幕府の手口にはあった。もっともそれを言うならば、宮中側の対応の仕方にもあったかも知れない。人間いかに老練で賢明であっても、魂を吸いとられるほどの何かが突然訪れると、一時虚脱状態に陥ってしまうことがある。最高の場にいる人たちの間にもそれが起きる。

寛永六年（一六二九）八月十七日、和子第五子ご出産——姫君だった。

内裏の内も外も、江戸城の内も外も、ともに静かで穏やかで、雨も降らず風も吹かなかった。

将軍特使　お福

幕府にはお福という名の女性がいた。現将軍家光の乳母である。幕府初代の大権現家康、二代の大御所秀忠、三代目家光と三代に仕え、しかも今の江戸城における声望は、男女を問わずこの人の右に出るものはない。この時点で、とらえどころのない朝廷の内幕を探る尖兵として幕府が送るとしたら、この人をおいて他にない。

お福は明智光秀の家臣・斎藤利三《としみつ》の女《むすめ》である。生家は光秀の重臣であり同族、まだいとけなかったころのお福は、細川忠興に嫁ぐ前の生《き》むすめガラシャの匂う美しさを、その眼で知っている。お福のむすめ時代はまだ戦国の世である。嫁いだ先の夫は戦さで命を落し、未亡人となっていたところ、徳川が家光の乳母を八方手をつくして求めているのを知り名乗り出て拾われた。その後は持ち前の才気のひらめくところ、並の乳母の域を越えて、徳川にとっての大切な人、いや、なくてはならぬ人となった。

秀忠夫人のお江の方とは、四歳ほどお福は年少であったが、家康にも秀忠にも厚い信頼を得ていて、その持ち場持ち場で存分に実力を発揮するので、御台所にとってあまり好ましい存在ではなかった。お福は、次代将軍が約束されている竹千代の乳母である。お江の方にとってはその竹千代があまり好ましくない。その二つ年下の国松丸、のちの駿河守忠長の方が、次代将軍として相応しい器量を具えていると、お江の方は思っていた。側の者もおよそ同じ考えだった。

家光はごく幼少のころのみならず、やや長じてからも所業はあまり芳しくなかった。異性に興味を示さず、美童好みが目立って、側近の者たちの顰蹙を買うほどだった。

しかしその後、家光にとって変身の時機がくる。地位が人をつくるということがあるが、いつのまにか家光はそういう過去とは決別し、徳川三代目として重要な基礎づくりを見事に果していく人物となった。これは家光にとっても徳川にとっても欣快この上もないことであった。


さて、時機《とき》が来た。幕府にとって何とかせねば次の手が打てない、という情況がやってきた。お福の出番である。これを送りこめば何とか道も開けてこよう。もはや藤堂高虎はいない。もし、いてもここでは高虎は不向きである。お福なら道を開くであろう。として押し出されたが、禁中には禁中の越えがたい溝があった。

現役将軍家光の乳母で、江戸の大奥では音に聞こえたお福であっても、禁中へ入って天皇に拝謁をお願いするなど、もっての他の僭上の沙汰であると、にべもなく拒否された。そこで幕府とはかなり昵懇となっている武家伝奏の三条西実条《さねえだ》にお願いしてその猶妹《ゆうまい》ということにしてもらう。武家伝奏という重職にある高級公家の三条西家の妹分となりえたら、参内がかなうことになり、課せられた重責を果すための段取りができる。

この年、寛永六年（一六二九）という年は、凶運の星の下にあったのか、将軍家光も一時重態に陥るほどの危険にさらされたのであった。病気の重さの度合いによれば、後水尾よりおそらく重症だった。一つ間違えば命にかかわる疱瘡という、当時では非常に恐れられた病気であった。お福は命がけで、真実必死の思いで神仏に願をかけ平癒を祈った。当時はこういうとき〈断薬〉の誓いというようなことが行われた。これ以後生涯にわたり薬を断ちますから、この所願をお聞きとどけたまわりますようにと、心をこめ仏天にお願いした。お福の祈願は神仏に通じ、家光はその後平癒に向かった。季節もよくなり、家光は快癒し、お福は家光の名代として、お礼参りに江戸を発ち西に向かう。めざすは伊勢神宮と山城の愛宕《あたご》のお社であった。

後水尾に拝謁を願い出て、御意の十分の一でも探り出したいというのが、幕府がお福を送りだしたホンネであった。家光全快のお礼参りも、ウソではなかったがこの方は軽かった。

幕府から朝廷方に届けだされたお福の肩書は、正式に記録されていないが、内裏では無位無冠の者に拝謁を許すなど、ありえないことであった。ここで初めて、お福に従三位の位階と〈春日局《かすがのつぼね》〉の称号が下賜され、拝謁がかなうことになった。しかし〈天機〉は決して上々とは言いがたいものであった。

たとえ天機がうるわしくなくとも、お福としては史上先例を見ない快挙をやってのけたわけで、自分の背負ってきた大任の一端は果しえた思いがした。

内裏というところはまったくの別世界で、「江戸の恥知らず」という殊にお局衆から出るムンムンとした蔑みの声は、お福にも届いていないわけではなかった。しかし将軍家光からお福が直々に賜っている「大奥総取締」という大命の重さは、お福には十分わかっており、その行動にソツはなかった。控えるところは控え、押すところは目一杯押すという一筋縄ではいかぬお福のことだから、とやかくいわれようと、最終的には幕府に〈土産〉をもたらした。お福をさし向けたという将軍家光の胸のうちは、肝心の後水尾に十分通じたはずだから、幕府としてはよしとせねばならなかった。

拝謁を許された——ということだけで、お福をさし向けた将軍家光の狙いのあらましはかなえられた。

しかしお福自身が心のうちで芯から燃やしていた思いは、中宮御殿の主、すなわち将軍家光の妹君・和子さまにお目にかかることであった。

大御所秀忠の姫・和子さま、将軍家光の妹君・和子さまが江戸を離れて京に入り、禁中の人におなりになって九年。中宮御殿はまだ木の香が匂うばかりに新しく見える。

お福は参内してから今まで緊張の連続である。拝謁のかなう直前に、「春日」の局号を拝受したが、未だまったく自分の呼び名とは思いがたい。しかしこの中宮御殿に一歩足を踏み入れると、喜色満面の女衆の顔々が、十年の知己のように、こぼれんばかりの微笑みを投げかけ、お付きの女衆も、まだ江戸の名残りをからだのここかしこにとどめていて、お福をひと目見ると昔からの身内にめぐりあったような心弾みを覚えるのであった。「江戸の女御」とさげすまれた御殿の主は、いつのまにか中宮さまと崇められるようになっている。「江戸の雑人」と俾いお公家から見下げられた御殿の女衆も、もはやそのようなはしたない言葉は浴びせられなくなっている。「春日局」さまと、御殿の女衆から真顔で敬意をこめて呼びかけられると、お福の顔に、気恥ずかしいような、それでいてもうすでにさまになっているような、不思議な喜色があふれてきて、自分でもびっくりした。中宮から事前に、そうお呼びするようにとのお達しが、皆の衆にとどいていたのである。

中宮和子さまは、過ぐる八月二十七日、第五子をご出産になっていた。女三ノ宮である。第三、第四子は皇子であったのに、二人ともあえなく夭折なされたことは、お福、いやもう今では春日局も江戸の大奥で聞かされて、泣いた。みんなして、さまざまな思いを語りあい、当分思いだしては泣いていた。

第五番目のお子を、一月半ほど前にお産みあそばした中宮は、殊のほかすっきりと澄みきった瞳を、春日局にお注ぎになっている。江戸城をあとになされて丸九年と少し。すでに五人のお子をお産みなされたというのに、ほんとうにお若い。仰ぐ春日局の目には、なんともいえぬよろこびの涙がにじみ出てきている。まだ数えの二十三なのである。みずみずしいお肌の底の方からしっかりとした力が感じられるのである。

揉みにもまれて実現に漕ぎつけた入内のとき、和子は数えの十四歳であった。それからおよそ十年、夢のまに飛ぶように過ぎ去ってしまったようであるが、一つ一つていねいにたどってみれば、何と波瀾に富み起伏のはげしい年月であったことか。江戸と京の間にはこれ以上ない日本晴れもあったが、堪えがたい嵐もあった。ここに来てまた急に雲行きがおかしくなった。今までにない怪しい空模様で予測がつかない。

帝《みかど》後水尾のお胸の中が見えないことには、幕府としては返す言葉がない。直ちに谺《こだま》はかえってくると思い、発せられた声に違いはないのに、何の反応も江戸城は示そうとしなかった。

訝りながらお待ちの禁中へ飛びこんで来たのは、女斥候兵のお福であった。将軍家光の窮余の一策という手の内に、帝はただ苦笑なさるのみであったが、無視に徹するわけにもいかず、拝謁が許される。明敏なお福といえども、このような情況の下で拝謁の栄を得たところで、ただ形だけのことで終るしかない。

しかしそれで十分だった。お福は拝謁を許された。後水尾は聴許なされた。〈邪魔者が来た〉という感じは後水尾のお胸のうちからは去らず、通りいっぺんの拝謁であったが、お福が引き下がったあと、帝は何やらひとり悦に入って薄笑いを浮かべておられるように見えた。

「ものは思いようである。あの飛び入りが存外な効果を生んでくれるやも知れぬ」

それ以後帝は誰をも寄せつけず、ひとりほくそ笑むようにして、ひそかに腹案を練りつづけられた。

「よしよし、拝謁を許したということは、幕府の願いを聞き入れたということじゃ。多少とも好意を示したということによって、安堵の思いは与えられたということになるはずじゃ」

拝謁をすませた、形式だけのものではあっても、それなりの効果はあったのであろう。己が胸のうちだけで極秘のうちに策を練り、満を持して矢を放つ——後水尾のその思いの火は、日とともに激しく燃えさかっていく。

深淵から躍り上がってきた竜神は、火焔を舌頭から吐きつつ天高く上昇をつづけようとする。今までも時に応じ機に臨んで、後水尾は鬼神をも驚かすような片鱗を見せてはきた。しかし過去のどんなときにも、燃えさかる気迫がここまで激しく五体をつきあげてくることはなかった。後水尾は今ほんとうに、天の高みから舞い降ってきた火の玉が、喉頭から五体をつらぬき、総身が火の玉と化した——という実感を味わうにいたられた。天地神明はわが味方である。もはや地上に恐れるものはない。

女帝誕生

寛永六年（一六二九）十一月八日。

早々束帯にて参内せよ。

突然早朝、緊急のおふれが公家衆に向かって発せられた。誰にも知らされていなかった意表をつくご命令に、みな度胆を抜かれドギマギした。しかも集合の時刻は辰の刻（午前八時）、驚きの余り、冷静にご命令の内容を察知しうる人はいなかった。

「ご譲位の詔《みことのり》か――それはつとに出されていたのではなかったか」

公家衆は頭をかしげつつ、あたふたと参集してくる。

「やはりご譲位らしい」

「どなたへ……」

「弟の宮さま方はそれぞれ固まっておられる」

「皇子《みこ》はあられぬし……」

「皇女《ひめみこ》ならおられるが、まさか……」

「先例ははるか遠い昔にありとはいえ……」

真相を知らぬ公家衆が、いくら論議をくり返しても実態は見えてこない。そのうち、幕があく。やはり、

「ご譲位――」

であった。しかも帝は決然と独断専行なされた。幕府との事前のご交渉なりご協議など、むろんつゆほどもなかった。関東が帝の一挙手一投足に嘴《くちばし》をさしはさんできて、帝をお苦しめしていることは、

公家衆で知らぬものはいない。

帝の今朝のご宣言は、幕府をあえて無視なされてのご決断であることは明白である。幕府はそれに対し、いかほど奸智をしぼり出し帝をあとあとお苦しめ申すことか。

さて肝心のご宣言は——

「女一《おんないち》ノ宮《みや》に内親王を宣下、興子内親王の身分を与える」

というものだった。

今回の帝のご決断は、誰一人相談なされずに行われた、といえばウソになるが、中宮和子にも身内のどの方にも、むろん板倉所司代にも、一言も洩らされていなかったことは事実であった。

例外は、中院通村と三条康道のお二人のみであった。中院通村は、帝の無二の盟友というべき存在であり、歌道では帝のふかく敬愛なさる師であった。

聞く者すべてを驚かせた今回のご宣言は、人の意表をつくに十分、青天の霹靂という譬《たとえ》どころではないものだった。およそ八百六十年ぶりの女帝の誕生である。それは古代だけのはなしとみなが思っていた。称徳天皇いらい絶えてなかった女帝の復活であるから、聞いておどろき、次の瞬間複雑な思いに陥る。女一ノ宮は中宮和子所生の第一子であり、まぎれもなく徳川の血の流れた天皇である。幕府としては難癖のつけようがない。

翌九日には中宮和子に「東福門院」の号が宣下される。これは内裏という社会の中では、大きな身分上の変革を意味するものであった。天皇のおん母君となれば、もはや中宮和子という呼称ではいけないのである。後水尾のご生母は、中和門院だった。

後水尾のこの抜き打ち宣言に、幕府側でまっ先に驚かされたのは、所司代板倉重宗と中宮付天野豊前守だった。将軍の〈ご上意〉がどんな形で下されるか、所司代の武士たちは上下ともに気をもんだ。所司代周辺に漂ってくる形なきおののき、内裏一円にみなぎってくる重苦しい雰囲気をよそに、殊更のように超然としておわすのは、後水尾おひとりである。女一ノ宮が位を嗣がれるとなれば、自らは太上天皇とおなりになる。

十一月八日の「早朝の詔」は、電光石火のうちに下され、またたくまに終った。公家衆の中でも枢要な方々には、漠然とした不安や懸念が充満している。今後についての具体的なもろもろの検討事項は山のようにある。近臣の方々は十一月九日、改めて相謀り参内しようとなされた。

ところが、門は固く閉ざされ「祗候《しこう》は相成りませぬ」という、公家衆の思いもよらぬ所司代の対抗措置が待っていた。みな茫然として天を仰いだ。幕府はどこまで禁中に対し、権勢を揮おうとするのか。公家衆は改めて幕府の執拗な反撃の手に、立ちすくむのみであった。

そのころ、中宮御殿付の責任者・天野豊前守は、馬に鞭をあて、京をあとにして長駆江戸への旅を急いでいた。将軍のご上意を頂戴するためである。江戸城に入るや、天野は直ちに所司代の意を伝え、上意の下るのをお待ちすることになった。

天野はくる日もくる日も、上意の下るのを首を長くして待った。平々凡々の事態でないことは百も承知であるから、直々のご判断、重臣方とのご協議に日数のかかることは、かねて覚悟はしていた天野であるが、十一月を越えても何のご沙汰もいただかぬのには、多少の焦躁を感じはじめた。十二月に入って五日たち、十日たっても、お召しの声はかからない。老中方も顔を揃え、金地院崇伝や林羅山等の学者衆をも交えての喧々囂々《けんけんごうごう》の意見が交されているのかと想像するが、天野には待ち明かすしか術がなかった。

江戸城に入って実に四十五日目、ようやく天野はお召しをいただいた。ご返書を頂戴し、また馬を存分に走らせて京に着いたのは、年の瀬も迫る十二月二十七日。京を発ってから実に四十八日目のことであった。

禁中も所司代も首を長くして待ちに待った〈ご上意〉は次のとおりであった。

「叡慮《えいりょ》次第――」

後水尾天皇の思召《おぼしめ》しのとおりお進めください――というものであった。ここ十年来の朝幕間の確執の総決算は、このような形で集結した。右も左も、前も後ろも、上も下も、すべてをくまなく見渡して、徳川の下した結論はこうであった。

後水尾の突然の挑戦状のようなものを、そのまま受容するか、却下するか——幕府にとって、考えれば考えるほどむずかしくなる問題であった。決していたずらに時間がかかったのではない。漫然と時間を空費していたのではない。丁々発止の部内のやりとりを重ねたすえ、こうなった。注文をつけること、条件をつけることなど、いくつも俎上に上った。そのようなことをすればするほど事態は暗礁に乗りあげ、目指す港は見えてこない。

徳川の血の入った皇子を帝位につける——大権現家康いらいの徳川の夢は、潰《つい》え去った、というべきである。この結論は、幕府方の大御所を筆頭に将軍以下全上層部の、総意の集まるところであった。和子入内いらい足かけ十年、努力を傾け注いだが、ことごとく潰え去った。怯まず屈せず、力の限り策をつくしてきたが、ついに実を結ばなかった。

興子内親王の即位が実現すれば、女帝ではあるが日本国の天皇である。葵の血の通う一天万乗の帝が実現するということは、容易に望みうることではない。大御所秀忠にとっては天皇は孫、将軍家光にとっては姪である。大御所秀忠は思う。わがむすめ中宮和子の生んだ女一ノ宮が天皇になるのである。そして、将軍家光は思う。わが妹の生んだ女一ノ宮が帝位につく。徳川にとって、欣快この上もない一大慶事としなければならない。

万事休す！

大御所秀忠はふりかえる。

京の都から天野豊前守が、息せききって江戸城に飛びこみ言上した。

「後水尾天皇におかれましては突然退位なされ、女一ノ宮を帝位に上らせる旨宣言なされました」

――あのとき、咄嗟にわが口をついて出たことばは……

「万事休す！」

であった。大御所秀忠も将軍家光も思いに変わりはない。徳川方としては、この事実をただそのまま容認する以外に、術はなかった。足かけ十年にわたる朝幕間の駆け引きなり争いごとは、このような形で大団円をむかえた。もはや動かぬこととして熟慮のすえ幕府はそのまま受け入れた。

かくなる上は、この事態のままにて、少しでもわが方に利となるように動くしかない。徳川の動きは即日本国の動きであると、徳川方では思いこんでいた。わがなすことは日本国のなすこと、われは日本国の代表である。内裏ではわが方のいうことをただそのままに受け入れられれば、それが即ち日本国のためになる。徳川方はそのように考え行動してきた。諸法度を続々と発してきたのはそのためである。その自負と自恃《じじ》の思いは今も変わらない。

ただ今回のことで多少の自省なり反省が徳川方に湧いたであろうか。少々揺らぐところはあったであろう。今後もさらにきびしく朝幕双方の歩みの跡をたどっていかねばすべてはわからない。


寛永七年（一六三〇）九月十二日、興子内親王即位の大礼——

女一ノ宮と呼ばれていた中宮和子の生んだ第一子が、高御座《たかみくら》につかせられることになった。数え年八歳の女帝の誕生、称徳天皇いらいおよそ八六〇年ぶりの女帝が、日本の歴史に記録されることになった。

この大礼を契機に、幕府の権勢のほどを内外に誇示しなければならぬという幕府の基本姿勢が、またも遺憾なく発揮されることになる。幕府の総力をあげて、この大礼の成功をめざしての努力がくりひろげられる。

大礼に関する万般の総指揮は、老中酒井雅楽頭《うたのかみ》があたる。補佐として土井大炊頭利勝《おおいのかみとしかつ》が任ぜられ万全を期する。そして儀式典礼に関する具体的な事項のすみずみにまで鋭い眼力を及ぼすのは、金地院崇伝であった。「黒衣の帝相」の名に恥じぬ実力者で、頭脳の冴えと識見の確かさにおいて、幕府部内でこの人の右に出る者はいない。崇伝またも上洛という噂が流れると、それだけで洛中の寺院のたれかれも、内裏の公家衆も、眉をひそめたものであるが、当の崇伝は着京するや、直ちに所司代に居坐って、余人の及ばぬ着眼の鋭さを見せるのであった。大権現家康、大御所秀忠、将軍家光の三代にわたって、厚い信任を得ているには、それだけの裏付けのあるところを、見せてきたからである。

現にこの即位の大礼には、高御座の構造、装飾の細部にまで、資料を十分に蒐集し検討し、存分に古式の枠を学びとり入れ、格調を高くした工夫の跡が見られた。また新造の構造物にも同様の細やかな配慮をいきとどかせた。新調の調度品の一品一品に至るまで同様の努力を惜しまなかった。予算は潤沢にとり惜しみなく投入していくから、誰もが目を見張るばかりの逸品がととのえられていく。またそのようなムードの中では、職人衆の技にもグングン磨きがかかっていく。ととのえられるものは、すべてホンモノの真価を秘めて輝いていた。

秀忠、家光の二代を通じ、内裏の御料は倍増されて二万石になっている。今回の即位大礼のため幕府がいかほど投入したかは明らかではないが、何十万石かに上ったことは間違いなさそうである。

幕府は、物心両面にわたり総力をあげて即位の大礼に取り組んだ。その甲斐あって大礼は成功裡に終わった。平安の世にもこのような例は見なかったのではなかろうか、と思われるほど荘重にして華麗な雰囲気が現出されて、大礼の儀式は終始した。葵の女帝はこうして、夢幻の世界を泳ぐような気分にひたらされつつ誕生した。第一〇九代の明正《めいしょう》天皇である。

なお便宜上、明正天皇の文字を使わせてもらうが、これは生前においては影も形もないもので、退任後、ではなく死後諡号《しごう》としてつけられたものである。後水尾はこの物語の中では最も多く出て来ているが、生前はその時その時の尊号で呼ばれており、薨去後におくられた名である。後光明も、後西も、霊元もみな同じ。その他の場合ももちろん同じである。

さて、女帝についてもう少し言えば、遠い飛鳥《あすか》の昔、推古天皇に始まって、最後奈良時代の称徳天皇で終る女帝八代の時代があった。そのうち、皇極・斉明と、孝謙・称徳は重祚《ちょうそ》であって人物は同じゆえ、六人で八代というのが中身の実態であった。

史上久しぶりに誕生した女帝について、内裏側の人々は一様に、後水尾が熟慮のすえひねり出された秘策であって、幕府をあざむく一時の弥縫策《びほうさく》ぐらいにしか考えていなかった。

内裏の女衆は、高御座につかれた女一ノ宮のことを、かげで継橋宮《つぐはしのみや》とお呼びした。巧みに蔑みの意味のこめられた言い方は、幕府側の耳に聞こえては問題であるが、内裏では事もなげに通っていた。


世をわたる人の上にもかけて見よいかに心のままの継橋

女衆がカゲでささやきあっている辛辣な悪声を、巧みにそっくり詠みこんだのは、中院通村だった。中院通村の偽らざる本音はこうであった。「心のままの継橋」をつくったのは幕府であると、鬱屈する胸のうちを歌いあげた。

しかし事実は、後水尾が立てられた女帝であって、幕府が立てた女帝ではなかった。幕府はすすんで継橋宮をつくったわけではない。後水尾について行かざるをえなくなって、結果的にそうなった。しかし後水尾にそういう動きを起こさせた本源は幕府であるから、幕府に責任がある。というのがこのところの通村論理であるから、これはもう完全に感情問題である。和子入内いらい十年の朝幕間の歩みの底を流れるものは、こういう類の対立であり確執であった。

十年にわたる両者の抗争が、女帝誕生で決着がついた。と一見みえるようで、なかなかそうはいかぬところがある。勝敗はどちらにもついていない。われ敗れたり、と今日思っても明日はまた考えが変わるのである。それが両者ともに共通しているのである。

気骨の人　通村

女一ノ宮が即位の大礼をすませた翌々日、中院通村のもとへ、幕府から一通の通達がとどく。直接の発信人は金地院崇伝だった。

「中院大納言は武家との合口がよろしくないゆえ武家伝奏役を別人に仰せつける」

——通村に代えて幕府の指名してきた人物は、日野資勝《ひのすけかつ》だった。この人物はあえて朝幕間に軋轢を生まぬ人物であると目され、幕府の推薦を受けたのであった。

中院通村は自他ともに認める後水尾の側近中の側近である。この大役の罷免通達は、金地院崇伝名で発せられたにせよ、むろん大御所秀忠の意を体してのことである。後水尾の抜き打ち的譲位宣言に対する秀忠の報復措置であったことには間違いない。

中院通村が武家伝奏役を罷免されることになった根底には、次のようなことがあったとされている。所司代板倉重宗が、後水尾の突然の譲位宣言のウラには何があったのかと中院武家伝奏にお尋ねしたところ、中院通村は歯に衣着せず明快に答えを返した。

「天子が高僧たちに紫衣を賜れば、江戸の幕府がそれを奪い去る。帝の立場も考えてみられるがよい」

実際に両者の間で行われたやりとりが、どのような言葉遣いで、どのような語調で行われたのかはわからない。しかし中院通村は大納言という高位の人である。大納言という位は、将軍家以外の武家では親藩の尾張と紀州で、水戸は中納言であったから、所司代と比べたら段違いというか比較にならない。所司代は幕府側の京都の代表であっても、そのような位はいただいていなかったはずで、故事有職ということについては厳しい内裏の中のやりとりであれば、おおよそ想像がつく。事実、中院大納言の決然とした物言いには、後水尾の渾身の気迫そっくりそのままのような威圧感がこもっていた。所司代重宗はただ一方的に圧倒されるのみで、黙して語らずひたすらうな垂れるのみであった。実はこのとき、憤然として中院と対決したいような闘争心が湧き起こってくるのを、重宗は無理に押さえこんだ。自分は個人的には今この目の前にいる中院大納言と勝負はできない。しかしまた同時に、自分は京における将軍の代表である。大納言の言い方には堪えがたいものがある。激烈すぎる。重宗は奥歯をグッと噛みしめながら退去した。

　中院大納言は重宗の姿が消えてからも、まだ勃々と盛りあがってくる武家勢力に対する闘魂を鎮めかねていた。後水尾の憤懣のおん胸のうちが思いやられる。

　権力、財力はすべて武家の手に落ちた。わずかに残された朝廷の権威といえば、称号や官名等の授与のみではないか。称号や官名等は形のないものであっても、これがまた金銀の力では及ばない不思議な尊厳と魅力を持つがゆえに、朝廷はこれによって超然と輝いていた。それが幕府には目ざわりだった。その残された僅かなものにも掣肘を加えてくる。動きがとれないまでに邪魔してくる。根こそぎ奪いとりたいのか。――それが後水尾のおん胸のうち、わたくしにはそれがくっきり見えている。

　女一ノ宮に高御座をおゆずりになった、まことのおん思いはそこにある。

　天野豊前守を年の瀬ぎりぎりまで江戸城に引きとどめねば、帝に返答ができなかったではないか。帝のおん胸のうちを、何人が頭をあつめて何十日語り合って推しはかっても、それは無理じゃ。際限のない強欲の根性をきれいさっぱり流し去ればすっきりしようが、その逆だから救いようがない――帝はそう考えておられる。

　重宗が恨みがましい顔を無理に伏せるようにして、大納言通村のもとを去ってから、通村は後水尾の胸中をずっとまたこのように考えていたのであった。それは同時にまた通村自身の胸の内でもあったにちがいない。

所司代板倉重宗は、武家伝奏・大納言中院通村との会談の一部始終を江戸城に報告した。重宗は渾身の力をふりしぼって報告書を書いた。十分詳細に入念に、会談の全容が完璧に上聞に達するように書いた。

この件に関する「上意」を、拝受するためであった。

何十日がたったであろうか。重宗の待ち望んだ「上意」が所司代に届けられる。思いのほか早かった。

「元武家伝奏・大納言中院通村を江戸幽閉とする」――

重宗の予想をも超える〈断〉が下された。

さらに補足がつけ加えられている。

「子息・通純《みちずみ》もともに江戸幽閉とする」

幽閉の場は江戸・東叡山《とうえいざん》寛永寺。大僧正天海が座主、幕府の菩提寺である。

通村父子は言うまでもなく後水尾の代役である。スケープゴートとしての役割を父子は敢然と果していくことになる。

期間は定められていなかった。実際には寛永十二年（一六三五）まで、五年間に及んだ。

幽閉期間中にこのようなことがあった。

父子の拘束が始まって、そう年月のたっていない頃、将軍家光から通村に対しこのような申し入れがあった。

「〈古今伝授《こきんでんじゅ》〉を自分にも授けていただきたい」

「できませぬ」

にべもない返事をすぐ返した。

〈古今伝授〉は禁中の伝統の秘事として、誇り高く守られてきたものである。中院通村は後水尾とともに固くその掟を守ってきたもので、将軍といえども応じがたい。というものであった。断るにしても、多少の色つやをつければ幾分なりと当たりは柔くなるものだが、通村はあえてそれをしない。しかも幽閉されている身でありながら、あくまで毅然とした姿勢をくずさない。

ひとこと拒否の返答がきたとき、将軍家光はもう一度だけ言う。

「禁中の秘事ということはよく知っておりまする」

と将軍は言って、次のようなことを聞こえのいい言葉でつけ加えた。

自分はいま単なる将軍ではない。国母の兄であり、女帝の伯父である。辞を低くしてお願いしているのだから、なんとか聞き入れられてもよいと思う。

通村の拒否の答えに、まったく変わりはなかった。反骨精神ムキ出しをつらぬくのが通村だった。

中院父子の籠居《ろうきょ》の期間は、この一件のため予想より長びいた。天海大僧正は幽閉が二年を過ぎたころ、ひそかに将軍に伺いを立てた。応答はなかった。年が代わるごとに大僧正は同様のことをくり返したが、反応は示されなかった。

ついに五年にも及ぶに至って、天海も本腰を入れて仲に立ち、斡旋につとめた。その甲斐あって最後には将軍も折れ天海の懇請を受け入れた。

寛永十二年（一六三五）十月一日、赦免。

中院父子が江戸を去るにあたり、将軍より下されたもの。

通村に……銀百枚と小袖十領。

通純に……銀三十枚と小袖六領。

和子——富・知恵・雅び

大御所秀忠が没したのは寛永九年（一六三二）一月だった。中院通村父子釈放の三年前のことであった。

大御所秀忠の死を境として、将軍家光の京の内裏に対する態度には、かなりはっきりした変化が見られるようになった。秀忠と対峙していたお相手は帝・後水尾であったが、この方はすでに形の上では太上天皇となり、表舞台の人ではなくなった。事実上、禁中の実力者たることに変わりはなく、いわゆる院政を行っていた。院政の第一は、女一ノ宮の

明正　次いで

後光明

後西

霊元

と計四代の天皇にわたり、五十七年間もつづく。従ってあくまで形の上だけのことであっても、幕府と毅然と相対した天皇としての後水尾は、明正誕生以後、深い帳《とばり》の彼方に姿を消してしまう。

将軍家光の相対する禁中の天皇は、姪の女一ノ宮の明正ということになった。

大御所秀忠の没した寛永九年（一六三二）という年、その娘・和子はどのような状況の下にあったのであろうか。七十万石の花嫁として騒がれた入内の年から十二年目にあたるのである。あのとき数え十四歳であった女御和子は、四年後には中宮和子となり、女一ノ宮の即位決定とともに東福門院和子となった。東福門院などという称号をいただいた女性は、もう高齢の女人かと思わせるが、まだ二十六歳、五児の母である。もっとも二人の皇子は、一人は三歳、もう一人はわずか八日という命でこの世の人ではなくなった。女一ノ宮は天皇となり、女二ノ宮、女三ノ宮はすくすくと成長している。

江戸の女御とかげ口を叩かれたのは、最初のころだけだった。四年後には中宮となり、身辺から漂

う雅びと床しさの気が変わったというささやきが、聞こえるようになった。事あるごとになされた将軍秀忠の、内裏の皆の衆への惜しみない心付けは十分に行きわたり、感謝と賞讃の声は、そのまま和子の人柄の輝きを増すものとして働いた。

そして今年の一月、大御所秀忠の没すると同時に、和子には秀忠の遺産として、厖大な財宝がころがりこんだ。年間の内裏全体の御料の数年分に及ぶものであることは間違いなかった。

それほど多額のお金をどうして和子ひとりで使いこなせるのだろうか。施し先はいくらでもある。上には厚く段階に応じて低く、聡明な和子は限りなく有効に金銀の輝きを行きわたらせた。殊に好みのものは、京の衣服のたぐいであった。京の都の文化、芸術の裾野は広く奥はまた果てしなく深かった。知れば知るほど広く深かった。

雁金屋のご贔屓は有名になり知らぬものはなかった。しかし賢明な和子は心得ていた。一方に偏って弊害の出ないようにという配慮は怠らなかった。雁金屋の御所染め文様というのは当時出色の出来で、他の追随を許さず広く京の人々の美意識に影響を与えたという。そしてこれに触発されて御所文化というものが流行するほどだったとされているが、その発信源はいうまでもなく中宮和子、後々は東福門院和子。それ以外にあるわけはなく、単に限られた上流階級のみならず、広く民衆のひとりひとりにまで、和子の存在は知られ親しまれた。

入内後しばらくの間、和子の存在は容易に内裏の中に融けこんでいきにくかった。第一、女御御殿が大きさでは天子様の御殿より控え目で、遠慮がちではあっても、ひと目見たところで外観の輝きがちがう。内裏の人々はもちろん一般民衆の目にもあまり感じよくは映らなかった。

　多少の違和感を持たれたのは最初のうちだけ、和子を慕う出入りが年とともに多くなり垣根はなくなっていく。高額の呉服を大量に注文しても、然るべき筋へキチンと順次計画的に進呈していくから何も心配はない。そのうち自然に目には見えない「和子勢力圏」が生まれていき、大きくなっていく。金銀は呉服だけに費やされたのではない。日常のことという時々に、スパッスパッと投入して、生きたお金使いの「名手」になっていく。そのような秘訣をどこで誰から学んだのか……。誰からも学ばない。天からの恵みのように授けられる金銀と対面しているうち、金銀の方から和子に最も有効な働きの場を教えてくれた。と言ってもいいほど有効な使い道は限りなくあった。

　寺社への寄進も大きかった。これは制御が難しいほど限りなく先はあった。そしてこれによって生まれる効果は重く大きかった。根の深いところで皇室にも和子にも恩恵は施された。

　秀忠没後、御所周辺にただよう空気が目に見えて変わっていく。重苦しさのようなものは虚空はるかに吸いとられ、明るくさわやかになっていく。

　時代が、情況が、必然性がそうさせたのであるが、目に見える形としては、秀忠の死が契機となった。秀忠をこの時点で蘇らせても、「わがなせることに悔なし」というにちがいない。この十年をふりかえって、どのときどきにおいても秀忠のたどった道は、その立場に立つものとしては、正しかったと思える。

後水尾自身の「和子像」が日に日に変身を遂げつつあるようにはた目に見えるようになった。秀忠のむすめという印象は拭い去りがたかった後水尾であったが、明らかに目つきが変わられた。

それは間違いなく事実である。しかし今回のはいわば第二回目の脱皮であって、言い落としてきたが第一回目の脱皮があったのである。それは女一ノ宮が生まれて間もなくのころ、肥立ちもさわやかに、匂う女人の艶めきを放ちはじめたころ、後水尾が和子に目をやった一瞬、ハッと心の琴線を打つものがあった。天からサッと舞い降りてきて、わがふところに飛びこんできた「天与の使い」のような印象を後水尾は受けた。

それから目の色を変えて平安の記録を漁り、迷うことなく「中宮」の呼称を授けた。単なる御所の伝統による手続きなどとはちがった。

それ以後、種々様々な俗世のいざこざがあった。「二条城行幸」はよかったが、その後遺症のような「勅許紫衣事件」――幕府お抱えの怪僧のなせる業《わざ》であったかどうか、朝幕の溝は深まった。大御所秀忠の大きな影が、京の内裏の空を蓋《おお》うように見えてなかなか消えなかった。

大御所秀忠との大きなかかわりの中で、もうひとつ消えがたいものがあったような気がする……、うんうん――それは躬《み》の口から言うことではあるまい。和子の生んだ皇子《みこ》が、二人ともいつの間にかこの世から姿を消してしもうた……。

ともにここ十二年ばかりを回想しているうちに、いつの間にか後水尾のお姿は見えなくなった。夢からさめたようにあたりを見廻してみると、この豪華な設《しつら》いの舞台の上で一方の大きな存在であった大御所秀忠の姿もない。

後水尾は厚い帳の向うへさきほど退かれたようであるが、これは大御所秀忠とは違い、また衣装を変えて登場なさるであろう。さしあたり出番を待つのは将軍家光である。

東も西もこの十二年、ともに凛として頂点に立ち、相譲らなかった二人は消えた。

戦いすんで日が暮れて……。

新しい陽の昇るのを待つばかりとなった。

御代替りのご上洛

寛永十一年（一六三四）、将軍家光は「御代替《みよがわ》りのご上洛」と称えられている空前絶後の上洛を果す。今までにも徳川氏の行った盛事について、最高級の表現を用いたが、事実少しの誇張もないまことの表現であった。「七十万石の花嫁」、和子さまの入内についても、「後水尾天皇二条城行幸」のことについても、そしてこれで三番目の「御代替わりのご上洛」についても、ことごとく同類のことでは歴史上あとにも先にも例のないスケールのものであった。

寛永十一年六月に始まり七月に終るというこの大規模な将軍の上洛は、六月一日仙台中納言伊達政《まさ》宗《むね》を皮切りに、相次いで諸大名が進発した。

本命の将軍家光の江戸城出発は六月二十日、供奉《ぐぶ》に土井大炊頭《おおいのかみ》利勝《としかつ》、藤堂大学助《だいがくのすけ》高次《たかつぐ》、酒井讃岐守《さぬきのかみ》忠勝《ただかつ》、松平伊豆守《いずのかみ》信綱《のぶつな》、松平右衛門《うもん》大夫《だゆう》正綱《まさつな》等々、氏名の記されているものだけでも六十五名を数えるが、上洛供奉は「すべて三十万七千余人とぞ」と「徳川実紀」(「大猷院殿御実紀」巻廿五)は記している。

こうして将軍家光は七月十一日に入京、二条城に入る。十八日、二条城を出て参内する。快晴。先ず両武家伝奏、高倉中納言永慶《ながよし》卿、土御門《つちみかど》左衛門佐泰重《やすしげ》、更に土井大炊頭利勝、吉良上野介《きらこうずけのすけ》義弥《よしみつ》等の人々は先に参内。

供奉の行列は左右に荷唐櫃《にからびつ》、その他多数が続き、京都所司代の板倉周防守重宗は、衣冠帯剣して騎乗。長刀、傘持、布衣侍、烏帽子着の者等々を従えて行く。次に大名諸侯はじめ諸大夫二百余人。更にすでに記した人に二倍三倍する大名諸侯が、それに相応する従者を従えての将軍のお成りが、延々とつづいて内裏に入るという豪華なものであった。

参内した将軍家光は、高御座におわす姪の明正天皇に先ず拝謁、次いでいま上皇の後水尾院に拝謁、その時仙洞御料七千石を献上する。次いで妹の東福門院和子を訪ね言葉を交す。この人に対しては、入内当初から幕府として公式にお化粧料という名目で一万石を毎年進呈してきたのであるが、さらに内密の無心が度々あり、その都度快く求めに応えてきたのであった。

異腹の兄と妹であることを、兄は承知していたはずであるが、妹は知らぬまま過ごしてきたかどうか、僅かに疑問は残る。しかしそのようなことはまったく関係なく、妹和子のこの世でいちばん頼りにしているのはこの兄家光であった。

この機会に謹呈した内裏関係への将軍家光の献上品は次の通り。

主上へ（明正天皇）……御太刀、目録、銀千枚、綿千把。

院へ（後水尾上皇）……御太刀、目録、銀五百枚、綿五百把。

大宮へ（東福門院）……銀二百枚、綿五百把。

女二ノ宮へ（明正の妹）……銀二百枚、繻珍三十巻。

女三ノ宮へ（明正の妹）……銀百枚、繻珍三十巻。

あと、女五ノ宮、菊ノ宮、大内女房、仙洞女房、大宮女房、宮々女房……まだまだ禁裏関係末端まで洩れなくつづくが省略。

それに続き、摂家、門跡、宮中の百官とつづく方々の官職氏名を明記したうえでの応分の金品の進呈ぶりが、詳細に記録されている（「徳川実紀」）。

二百名にも及びそうな職氏名群の上位の方に仁和寺門跡覚深法親王《かくしんほっしんのう》の御名もあり、献上の金品は、銀五十枚、時服二十とある。筆者がいただいた「仁和寺資料」によれば、この覚深法親王こそ道順上人の父君であり、この方が後陽成天皇の第一皇子である。故あって第三皇子が後陽成のあとを継ぎ、後水尾天皇となった。

「徳川実紀」巻廿五だけでも四百字原稿用紙六、七十枚に及びそうな分量なので、あと殊に重要な一、二点のみを記すと次の通り。

一、将軍家光はこの時、宮中より「相国《しょうこく》の宣下」のことを承ったが再三固く辞退申しあげたという。相国とは中国の官名で宰相もしくは太政大臣にあたるとある。将軍はこのことを諸侯にも聞かせたが、「実紀」の筆者は将軍家光が謙譲の徳を自ら持つと同時に大名諸侯にその範を示されたのだと少々強調して書いている。

二、将軍は仙洞院（後水尾上皇）に蒔絵の箱に収めた「萬葉集注」の一本を進呈申しあげた。板倉周防守重宗が将軍名代として参内して謹呈したが、これは「無双の奇本で院が常にご懇望」なさっていたものだと記している。

将軍家光は今回の上洛の有終の美を飾ろうとしたのであろう、京都町民に銀五千貫を、帰還後江戸においても、同じく銀五千貫を下賜した。太平の世の到来を自他ともに祝し、あわせて人心の掌握を狙った処置であることは明らかであるが、これに非を唱える人は京にも江戸にもいなかった。

春日局ふたたび上洛

大御所秀忠の死は、江戸と京の間にまたまた不思議なことを起こすことになる。将軍家光の命を受けて、春日局が上洛するという。寛永九年（一六三二）九月、二度目の上洛である。この年の正月、大御所秀忠は没したが、見渡したところさしたる新しい変化は朝幕の間にあろうと思えないのに、このような報《しら》せが聞こえてきた。和子・東福門院の御殿にまず入るという。

将軍家光の自発的な発想と見えたが、家光を動かしたのは、和子だったかも知れない。いや、そうでなければ辻褄は合わない。

前回は無位無冠で内裏に飛びこもうとして、身のほど知らず、とカゲでそしられ、急遽高位のお公家さまの妹分にしていただき、従三位《じゆさんみ》に叙せられ「春日《かすが》」の局号《つぼね》を頂戴し、拝謁がかなった。「譲位！」を宣せられた後水尾のご病状の真相を探るという大任を帯びてのものだったが、今回はまったく違いそうである。

青写真なり素案は和子の方から江戸城に事前にとどけられていて、それに「諾《だく》」を与える将軍家光の回答を、将軍名代の春日局がとどけに来たというのが真相らしかった。

幕府が大人になって、後水尾の後宮問題でケンカをするのはもう止めた。と、ひとことで言えば終りであるが、中身はもう少しある。

一、後水尾の「血」へのこだわりは想像以上に強く、徹底的である。「葵の血」を入れようとした徳川の究極の目的は廃棄する。敗北宣言をしてもいい。

二、後水尾のお色好みは果てしがない。傍観している方が賢明である。

三、後水尾は女性としての和子をまだ棄ててはいない。従って和子にまだ出産の可能性はある。そのあとのことは、ふれなくてよかろう（因みに寛永十年（一六三三）和子は第七子・皇女出産。「仁和寺資料」）。

四、今後出生の皇子皇女は、すべて和子・東福門院の猶子となし、和子はその国母になる。

将軍家光の上皇・後水尾への「上申書」ともいうべきものが、名代春日局から上皇に謹呈される。一言にしていえば、「叡慮次第――」ということであろうが、前記四項目の内容を幕府流に文書化し、次のお言葉への回答となるものだった。

「帝位を女一ノ宮に預け、若宮誕生の上はご譲位あるべきこと」

後水尾から発せられた重要発言であったに違いないが、むろん幕府あてのもの、譲位宣言と同時に出されたもの、であることは明らかである。所司代が握りつぶしていたか、届いていたのに誰かが……。何ともわけのわからない話であるが、とにかく春日局の上洛にあわせて顔を出してきた。出てきたらその文言の意味は、みなによくわかった。あまり早かったからその解釈に、首をかしげる人もあったかも知れない。若宮――どこからお生まれの若宮か分からないのがあたり前である。和子以外のご生母からお生まれの若宮――という意味にとれるようになるには少々年月が要ったはずである。

第四章　大海原

千里眼　和子

幾世代にわたる死闘、激闘をくり返して、ようやく日本全土を掌握して天下人となった大御所秀忠と、相対する後水尾との間の溝は、想像をはるかに越えて大きかった。

後水尾には朕は一天万乗の君である、この世の何ものにも侵されない特別の存在であるという意識があった。

宮廷の誰もかれも、ことごとく揃って帝《みかど》は人にして人にあらずと祀《まつ》りあげた。それがあたり前の世界が禁中であった。後水尾は神と人とを兼ねて生きる稀少生物のような存在であった。誰よりも俗物である時間も多いが、誰もなれない「神」としての時間も多かったのである。

征夷大将軍、そのまた上の大御所――この世界もまた一般社会とはまったく隔絶されたもののようになってはいたが、同列の線上で高下を比較しえない「質」の相違が両者の間にはあった。

十二年間に及ぶ暗闘も激闘も、そして、また苦闘も血闘もさんざんにくり返して、幕府は権力への執着、朝廷への介入を諦めるべきであることを悟った。


後水尾は大きくかがやいた。秀忠もはげしくきらめいた。しかし草むらの蛍のように、パッと光ってスッと消えて余韻嫋々《よいんじょうじょう》として忘れがたい思いを人に与えるのは――和子であった。大きく揺れてこぼれない大海原のような人であった。

大小百千の川をあつめた大河を、全てそのまま呑みこんでかえさないもの――それは海、大海原である。二人の健やかな皇子《みこ》を産み、その子たちは音もなく天の彼方に消えたが、その運命《さだめ》をすべてそのままに呑みこんだ。

やんちゃ坊主とあばれん坊……

駄々っ子とお山の大将……

後水尾と秀忠――

この二人はその場その場で、どのような役でも自由奔放に演じきられた。そのとばっちりが全て和子にふりかかっても、そのまま受け入れ、受け流す、風の吹くまま気の向くまま、和子は常に自然体をつらぬく人であった。

万々歳　家光

徳川の三代将軍となった家光は、ひと口で言えば幸運の星の下に生まれた人、と言ってよい。全国津々浦々に散らされた外様の大藩雄藩の諸大名は、家康、秀忠という初代と二代にとっては、強敵、怨敵、少なくとも好敵手ばかりであった。一つ間違えば食うか食われるかの間柄のものばかりで、油断もスキもみせることは許されなかった。

「われは生まれながらの将軍である」と全国諸大名を前にして家光が大見得を切り、伊達政宗が臣従を誓ったとされるような場面は、一度は演出しておかなければならないのであった。ウラに書き手がいたかいなかったかにかかわらず、必須の手続きであった。

家光が将軍となってから以後、手がけた造営事業はきわめて多い。いずれも巨大な事業ばかりである。

一、江戸城修築事業。新造に近いことを、巨費を投じて全面的に行った。本丸完成は寛永十七年（一六四〇）、その核は全国諸侯に睨みをきかす天守閣であったが、寿命は二十年にも満たなかった。明暦の大火（振り袖火事）により焼失し、再建されることはなかった。

二、日光東照宮の造営。これは今に残るものであり、日本を代表する世界遺産の一つである。

三、寛永寺、芝増上寺、秀忠廟の造営。外観、内容ともどの一つをとっても雄大かつ豪華である。

巨大戦艦安宅丸《あたけまる》の建造もここに加えておきたい。もちろん当時最高のものを狙った。

四、修学院離宮の造営。後水尾天皇生涯の大造営事業として扱われているが、内実は将軍家光の惜しみなき出費によるものだった。洛北の閑静な地にあり、庭園の総面積は五十五万五〇〇〇平方メートルに及ぶ。晩年の後水尾はこよなくここを愛し、足しげく遊ばれる。

「お気の召すままに」と家光は後水尾に申しあげ工事は始められたが、家光生存中には完成しなかった。

もう一つここに加えておきたいのは、京都市右京区御室《おむろ》大内の仁和寺《にんなじ》の伽藍《がらん》の再興である。寛永十一年（一六三四）に発議が行われ、寛永十八年（一六四一）に完成した。宇多天皇の創建以来、七百年を大きく越え老朽化は甚しく、新築に近かった。これも日光東照宮とともに日本の誇る世界遺産の一つである。寛永の再建いらい、はや四百年に近づきつつある平成のこんにち、山門の荒廃は目立ち始めている。

真言宗御室《おむろ》派総本山仁和寺――これがこんにちの仁和寺の正式名称である。仁和四年（八八八）、光孝天皇の勅願により宇多天皇が創建、落飾後住居としたため御室《おむろ》御所（おすまいのところ）と呼ばれるようになった、とある。門跡寺院の第一号。表向きの御所に対し、裏の御所、というおもむきはその後もあったにせよ、名実ともにそれを実行したのは、初代の宇多天皇だけで以後は法親王《ほっしんのう》と呼ばれる方が座主《ざす》となった。

前に少しふれたが、道順は仁和寺のご三男で、おん父君は第一〇七代後陽成天皇の第一皇子で覚深法親王と申しあげ、仁和寺第二十一世御室《おむろ》となられた方である。後水尾は後陽成の第三皇子で第一〇八代天皇となる。第一〇九代の明正女帝は後水尾と徳川和子との間の女一ノ宮。従って後水尾は道順の叔父上、明正は道順の年少の従姉妹《いとこ》ということになる（「仁和寺資料」）。

家光の遺した造営事業の代表格だけでも以上のとおりである。質量ともに群を抜くが、このことは、いかに幕府財政の黄金期に家光がめぐり合わせていたかということにもなる。

佐渡の金山は、最盛期であった元和時代の年間二十四万八千両よりは減少していたものの、家光の時代まだその底は見えなかった。その他銀山、銅山等主要鉱山の支配権を掌握し、貨幣鋳造とその発行権をもあわせ、わがものとしていた。その上、幕府の資産は鎖国令による限られた外国貿易の独占的な利益をも含んでいた。その他、家光の時代以前から受け継いでいた米穀中心の資産は、天領と旗本領を合わせ、全国石高の四分の一に当たる大きな数字のものとなっていた。

時代の推移とともに、人口の増加のほか、もろもろの要因も加わり、米穀中心の経済に破綻が生じ、財政が逼迫していくが、少なくとも家光の在職中、まだ翳りは見えず、幕府は経済上の豊かな恩沢を十分に享受し満喫していた。

そういう巡り合わせの妙もあって、家光の対朝廷対策は、秀忠の死を境として目ざましいばかりに好転していった。

ここで一つつけ加えたいことは、豊臣の先例にならい、天下普請の名の下に行われた事業もいくつかはある、ということ。しかしすべて将軍名の令によるものゆえ一様に扱った。

和子　光と陰

女一ノ宮（死後のおくり名である諡号《しごう》は明正天皇）が帝位についた寛永六年（一六二九）十一月九日（即位の大礼は翌年）、ご生母中宮和子には東福門院の称号が贈られ、二十三歳の若さで国母となった。入内の年、元和六年（一六二〇）から数えて足掛け十年であるが、正確に言えば丸九年と五ヵ月。十倍の百年にもあたる有為転変を和子は経験した。「江戸の女御」と垣根の向うの内裏のお局衆にかげ口をささやかれた身が、四年後には中宮となり、丸十年に満たぬ間に東福門院となり、国母となり、皇室の一員となった。というより、豊かさと美しさと雅びの香りを一身にあつめた、最もかがやける竹の園の一人となった。

入内の年の六月から除夜の鐘の鳴る年の暮まで、お婿の君・後水尾は、公式の場では何度も顔を合わせながら、徹底して「他所《よそ》の人」であった。その後、人が変わられ、女一ノ宮への譲位を宣せられた寛永六年（一六二九）までに、和子は皇女三、皇子二の計五人を後水尾との間に産む。その後さらに二人の皇女が生まれ、和子は女性として母性として誇りと栄光につつまれるはずであったが、拭い去りがたい悲しみは、皇子二人の時ならぬ死であった。夜半の嵐のように襲ってきた姿なき魔性のものが、またたくまに幼い命を奪い去っていった。

謎の死の真相は、限りなく暗く深い淵の底に沈んでいて見えなかったが、幾日幾夜を泣きあかした果てに、ついに和子には見えた。この内裏の中に、どす黒い血の塊のような深淵が音もなく渦巻いているさまが……。一瞬だけであったが、一度はっきり自らの心の眼でその淵を見定め、和子は生まれ変わった。目に見えない痞《つか》えがストンと落ち、身も心も軽くなった。目にうつるものすべてが、スキッと見透せる人になったように感じた。

と同時に、何日何夜かにわたってたまっていた疲労困憊《こんぱい》のかたまりが、はけ口を求めて和子の総身からとめどなく放出されていくように見えた。そして和子は泥のように深い眠りに陥っていった。

和子蘇生、変身の過程はこのようなものであった。和子は気根で生きる樹木のように勁く、亀の子のように黙々と耐えうる人であった。栄光の頂にも立てたが、心は終生夕映えの中の孤峰のようにさびしかったのかもしれない。

型破り　後光明

寛永二十年（一六四三）十月三日、女帝の第一〇九代明正天皇は、おん父君・太上《だいじょう》天皇の後水尾から、突如として譲位を命ぜられる。七歳のとき即位を仰せつかり十四年間高御座《たかみくら》を守り二十一歳にして御《み》位《くらい》を譲る。即位の意味はわからぬまま、譲位の意味もよくはわからぬまま、何ごとも天のお声のようなおん父君のお声のままに動いた。

同年同月二十一日、異母弟の素鵝宮紹仁《すがのみやつぐひと》親王が即位する。第一一〇代後光明天皇となる人である。ご生母は典侍《すけ》・園光子（壬生院）（一六〇二〜一六五六）（「仁和寺資料」）。本姓は多分藤原氏。時に親王十一歳。背後で操る人がなくてはできえない話で、先の明正とこの後光明、このあと二代の計四代は後水尾の院政である。

さきに記したように、異腹の子もすべて東福門院の猶子ということになっていたから、この親王が即位式に臨む出発点は大宮御所であった。典礼儀式のきびしい宮中のことであるが、国母・東福門院に払った敬意の表明でもあるらしい。

話は前後するが、この素鵝宮が明正を廃して即位するには、多少の事前工作がなくてはならないはずである。そのことの大筋はすでに書いたとおりであるが、直接今回のこの件に関する事前の動きは、次のとおりであった。

寛永十六年（一六三九）二月三十日、何もかも呑みこんでいる聡明な和子は、権大納言局を江戸に下向させて、この件についての打診を行っていた。妹和子・東福門院の問いかけに応えて、将軍・兄家光は翌寛永十七年五月に、春日局を三たび上洛させ、事前の工作を滞りなく果させた。

後水尾が女一ノ宮に皇位を譲ったのは、一度徳川をグウの音《ね》の出ないまで黙らせておいて、適当な時機が来たら奪い返す――それがホンネであったにちがいない。徳川の宿願が葵の血を皇位に注ぎ入れることにあるのは明白であるから、一日も早く皇位にからまる徳川との縁を断ち切ってしまいたい、というのが後水尾の本心であり、痛いほどそれの分かる人が和子であった。

和子は悟るのが早かったが、秀忠としてはどうしても素直に初心を切りかえにくかった。さんざんいざこざを繰り返して、ついに望みなしと思ったころ命の終焉が来た。

方針の転換はもうやむをえないと、秀忠の後を継ぐ家光は思うに至る。得手勝手もいいところというのが後水尾の生き方に見えるが、後水尾の立場からすれば、相手がねじ込んできたのが話の発端だからどうにも仕様がないということになる。

後水尾のとられた一時の「方便」のような形で、七歳で帝位についた女一ノ宮の明正天皇は、十四年間その責めを果し二十一歳で退位する。

あとを継ぐのは素鵝宮紹仁親王で、これがまことの後水尾の希望の星であった。その涼やかな澄みきった瞳の光に、まだ幼いながら十分に期待が寄せられると後水尾は睨まれたのだった。

そのような眼で年少の帝のわが子を見られる後水尾を仰いで、側近も同感の思いを抱いてうなずき合っていた。それほど誰が見ても、資性衆にすぐれて光るものをお持ちの少年であると思えた。

内裏の側近の衆ばかりではない。実は京都所司代の板倉重宗も初対面の機を得たとき、強く同じ思いを抱いたのであった。所司代は何か事あるごとに江戸城から声がかかって、「禁中並びに公家諸法度」を忘れるな、といわれる。眼光紙背に徹するまで――ときびしく命ぜられると、正直者の家臣は度を過ごしやすい。禁中の人々は学問を専一になされねばならぬ、と法度は冒頭でうたいあげている。どうもあの眼付きは、学問よりは先ず外に向かっているではないか。

所司代重宗は正直、第一印象としてこの生気あふれる若者の帝に、不思議な魅力を感じた。おもしろいではないか。話せそうではないか。新奇種に出会ったような、心の弾みを覚えた。その次の瞬間、いやなものが現れたのではないか。事が起こりそうではないか。あのまま伸びていかれたら、「コトだぞよ」と己の膝をピシャリと叩いて舌打ちをした。

年がたった。重宗の最初の予感が当りそうな気配が、若い帝の身辺からチラチラ見えるようになってくる。学問も嫌いではないが、内にこもるよりは、はっきり外がお好きなようである。行動のはしばしに内裏のお育ちらしからぬ荒々しさが目立つという。張りめぐらせてあるアンテナから入ってくる情報は、重宗の耳には快くないものが多い。

「禁中の人は先ず学問」、「武道などは不可」、「鷹狩りなどは論外」と法度はなっているし、武道、鷹狩りなど、そのような素地も雰囲気もほとんど無縁の社会であるはずなのに、そちらの方への関心が時に顔を覗かせるらしい。なんとも不思議な話である。

この若い帝のDNAをどのようにたどっても、武道大好きという天性があるとは思えないのだが、どうも影も形もない幽霊情報ではなさそうである。隔世遺伝を重ねても、出てこないように思えるが、突然変異ということもあるし、第一そんな常識にウソがある。若い後光明はその心身でそれを実証してみせたのだ。

所司代の知らぬ間に、武道の道具類を一式揃え、さかんに一人で素振りの稽古に励んでおられたのであった。幕府はずいぶん露骨に内裏への介入をしているように見えても、やはり聖域は聖域で幕府の立ち入れない領域は当然厳としてあった。

しかし所司代としてそのような現実を知りながら、漫然と傍観しているわけにはいかない。己が天職に背くことになる。まして硬骨ぶりを売り物にして父親と交替し、精励のほどを認められてきたものだから大変である。重宗は気を揉んだ。そのような芽は、早々に摘みとらねばならぬ。武家伝奏を通じて申し入れを行った。

「武道の稽古はお取り止めたまわりますように」

その後も入ってくる情報は、重宗の躍起になって稽古取り止めを願う思いの強さとは裏腹に、ますます熱中の度を加えていくようだった。竹刀が空を切る音が、御所の庭から遠くまで聞こえるというのである。しかもその音には気迫がこもっている。剣術の呼吸も十分「法」にかなっていて、言うところがない。

ほうっておかれれば熱の冷めることもあったかも知れないが、やたらに苦情を浴びせられると反発を起こすのも人情で、帝の剣の稽古はますます本格化していく。まったくの独学か、お側に師匠がいるのか、その辺のところは分からないが、とにかく剣の稽古がはっきり上達の道をたどっていることは、所司代重宗にもよくわかるようになった。

そこで所司代は或る日、正式に機会をつくり、申し入れを行った。

「それがしにも覚悟がござりまする」

「覚悟とは何であるか」

「それがしは上意に基づいてお諫め申しあげているのでござりまする」

「おお、それで……」

「お聞き届けいただかねば、切腹して果てねば面目が立ちませぬ」

「武士の切腹を見たことがない。紫宸殿に壇を築くゆえ、そこで切腹して見せてくれ」

若い帝は酒も好き。なかなか強くもある。心身ともにおん父君・後水尾の素質を十分に受けておられる。

文武両道を行くところ、むしろ先代を超える、というべきか。後水尾はずいぶん剛毅にして豪放、戦国の世を経てきた武家の棟梁と、対等に立ち向かえる方であった。それゆえ家康も秀忠も惚れこんだのであった。後水尾のために書きとどめておくべき一つの事は、その筆跡の深沈にして雄渾なことである。秀忠の需《もと》めに応じて筆を揮《ふる》われたものであることは間違いないが、久能山に掲げられた「東照大権現」の掲額の文字である。相撲字に似た骨太にして重厚の気に満ちた運筆は、凡手のよくするところではない。「古今伝授《こきんでんじゅ》」に心魂を注ぎ、三十一文字《みそひともじ》に心血を注いだ人とはちょっと結びつきにくい。変幻自在の精神世界をお持ちの稀有の人であった。和歌を書かせたら恐らく行成流の勁《つよ》さと雅びの風合をあわせもった文字が書けたものであろう。

さて新帝は、気性はずいぶん先帝後水尾に似ておられるようであるが、学の方の傾向が少々ちがう。学に向かう気がないのではない。年とともにその方の志もけっこう強くなってきているのだが、意外なことに、宮中伝統の和歌を中心とした和学というべきものではなく、この新帝は漢学が面白いと言い出されるのである。そして最近は朱子学に大いに傾倒し始められたというのである。

朱子学は徳川幕府のお家芸のようなものである。幕府は草創以来、学問といえば漢学、漢学といえば朱子学であったと言っていい。朱子学は唯一の漢学であり、幕府と一体の学問であった。幕府としては天子が朱子学に傾倒なさるということに、妙な違和感を禁じえない。根本的な意味はまったくなく、天子は和歌に心を向けていただきたいし、それが自然であるという単純な理由からであった。

このことについて、幕府以上に複雑な心の動揺を覚えておられるのは上皇・後水尾であった。他愛もない反抗という意味合いも分かるが、和歌を詠めなくては禁中の「主《あるじ》」としての品格が問われる。

憤然となさった上皇の息づかいが、いつか若い帝の耳にもひびいてきた。一夕、若き帝は決然として「百首詠」を自らに課し実行なさる。

翌早朝、若き帝は出来上がった百首を携え、仙洞御所の後水尾のもとにお届けになる。院は一読讃嘆これを久しうしておくところを知らず、大いによろこび驚かれたのであった。お二方の生涯において、この一瞬こそは、父子水入らずの最高に心通った至福のひとときであった。

ところが、承応二年（一六五三）九月二十日、突然この若き帝・後光明に異変が起こる。疱瘡（天然痘）にかかり病臥なされたということだったが、知らぬまに「ご薨去」の報がひろがる。その死の前日、幕府は医師《くすし》武田道安（一本には道朔）を参内させ、帝の病床に遣わし最高の薬湯を献じたのであったが……。

その間の事情を知る女房の口からこのような言葉が洩れたという。

「天皇はんに薬湯を献じはったのどすが、まもなくお亡くなりにならはったんどす」

「えっ……まもなく……」

「しばらくそっとお休みを……言わはったんで、ワテらもちょっと……」

もう少しつっこんできくと、

「痘瘡いうたかて将軍家光はんも大宮はん（東福門院）も治らはったのに、帝はんだけ、ほんまけったいドス」

後水尾からも、このような重い呟きが聞こえたと、人はいう。

「関東に殺された」

後光明天皇のご葬儀は、万事幕府主導にて行われた。本来ならば国葬というべきものなのに、幕府のとり行ったのは、並のお葬式というようなものであった。ただ後水尾のお言葉により、持統天皇の御代から行われてきたという火葬は止め土葬への復帰、が実行されたという。ただそのこと以外、何ひとつ帝のご葬儀らしいところはなかった。

前途有為の若き今上陛下にふさわしい何ものも感じさせぬ妙な葬儀であった。あえて言えば、久しく見なかった朝幕間の醜い不幸な対立が再現した場であった。謎にみちたことがあまりに多い。葬儀は天皇家の菩提寺である泉涌寺《せんにゅうじ》でとり行われた。泉涌寺は寺院の荘厳さ、寺域の広大さ、環境の優美さにおいてまことに申し分がない。しかし当日の葬儀はその大寺にはふさわしからぬものであった。名は帝のご大葬ながら、質素を通り越してお粗末というしかない内容のものであった。

多人数ではあったが、そのほとんどが所司代のくり出した警護の武士集団で、厳めしい目付きがやたらに多く、かもし出す雰囲気はどうも芳しくない。参会者として黒山のように群がらねばならぬ宮廷側の人たちの数がまばらである。若い身空の魅力いっぱいの帝の噂はよく聞こえているのだから、抑えがたいすすり泣き、ときに堪えがたい号泣なども聞こえて不思議のない時間と空間であるはずである。そのような場面はどこにもない。妙な申し合わせでも行われていたのか、不自然な参列者の数であり、好ましからぬ全体を蓋《おお》う空気である。目をこらして見渡しても、近親の親王や門跡方のお姿が少ない。初めからどこか歯車の狂ってしまったところがあったにちがいない。記録に残っていない裏面での由々しい不和・対立があり、不協和音が奏でられたにちがいない。宮廷と幕府の間で、ご大葬についての話し合いはあったにちがいないが、円満な協議の行われた形跡はない。突然の帝の薨去に対し朝廷側の幕府に対する嫌疑は濃厚で、幕府は当然強く否定して激突となり、このような事態を招いたことは想像にかたくない。

暗黒、動乱の時代ならともかく、平穏、無事の時代における天皇のご大葬で、前後に例のないような事態を生んだ。幕府側の発言でこのようなことが伝えられている。葬儀場が手狭のため葬儀の僧侶の数は四名であった、というのである。何十人、何百人でも集められるはずである。本来なら恐らく全山をどよもすような衆僧の読経のうちに送られるご大葬となったはずであるが、事実はこのようなことであった。

このご大葬の模様は、このときの朝幕間の軋轢を象徴するものであった。後水尾が心の底から期待し嘱望した英才・後光明は二十二歳を一期としてこうして世を去った。後水尾はときに五十九歳。当時としては老齢であり、悲嘆は大きく深かった。「宣順卿記」にはこう記されている。

「御悲嘆御正体なし」――

実を言えば、将軍家光は後光明崩御の三年前の慶安四年（一六五一）に四十七歳で長逝しており、時代は家光の長男四代家綱となっていた。長男とはいえ、このとき家綱はまだ十一歳、補佐役は家光の異腹の弟・保科正之《ほしなまさゆき》がつとめていた。

当時のことを書いた本に、こういう風に記したものがある。

――四代家綱は三代家光の長男であるが、父親とはうってかわり、朝廷に対する態度は冷たくなり、内裏の諸事一般について干渉が目立ってうるさくなった。従って後光明崩御のときの御大葬についても、すでにその態度が露骨に現れていた。――

上《うわ》っ面《つら》だけ見ればこれで間違いないが、中身のことを言えば、少しちがってくる。家綱は名目上将軍であり、幕府のことは将軍名で行われるが、家綱はこのときまだ十一歳で、実際に諸事をとりしきった人物は、後見人の叔父・保科正之ということになる。この人の広く公言した有名な信条は、主家の徳川将軍家を専心守り立てる、ということだった。率先して徳川政権の安定と繁栄のために献身するとわが所信を吐露することは、全国諸侯を牽制する一方、わが身そのものの保身のためでもあり、少々複雑である。

実はそのころ、その背景をなすような事件が相次いで起こっている。

家光の二歳年下の実弟、駿河大納言忠長は兄・家光との仲がうまくいかず、駿河五十五万石の大名であったが、高崎藩に預けられ、二十八歳を一期として自刃して果てる、というような悲劇があった。また秀忠の弟の松平忠輝は、越後福島六十万石の大名から伊勢の朝熊《あさま》に配流された。大大名が江戸時代全期を微禄で伊勢の朝熊で逼塞し、昭和に至るまで地元では「徳川様」であったという。徳川の姓は称えられなかったはずであるが、そう呼ばせていたのか、地元民が呼ぶままにそうさせていたものか……。忠輝が配流されるに至った原因は、秀忠の家臣を成敗したことによる、となっている。なお、忠輝は秀忠のすぐ下の弟で、尾張、紀伊、水戸の三親藩の藩祖となった三名よりは年長である。

このように減封もしくは廃絶されたものは四一大名にも上っている。一門、譜代にもこのように大ナタを揮い、むろん外様は容赦しなかった。

保科正之はこういう実情を知りつくし、ことさら自らの身の安全のためにも、徳川宗家への忠節を公《おおやけ》に誓い、あわせて諸侯への範としたかった（この人は松平会津藩の藩祖。東福門院和子の同母の弟）。

院政四代

後水尾の院政（天皇四代、累計五十八年）をまとめると次のとおり。

一、一〇九代明正天皇　在位一四年。

二、一一〇代後光明天皇　在位一一年。
三、一一一代後西天皇　　在位九年。
四、一一二代霊元天皇　　在位二四年。

全て後水尾の実子で生母は別。
明正の生母は徳川和子。
後光明の生母は藤原系。
後西の生母も藤原系。
霊元の生母も藤原系。

後水尾に代表される朝廷の後宮の主体は宮腹。つまり皇族系で、主として藤原姓の五摂家、九清華家。またそれに類する皇族系の源氏（嵯峨源氏。宇多源氏、村上源氏等々）。

この物語の主役の一方である徳川氏は、それに対抗しようとして、朝廷側に徳川系（松平）を送り込み、また逆に受け入れる、というか進んで招き入れた。家光自身も活発にその動きを見せた。はっきりと実践もしたが、朝廷側の女性から生まれた男子を将軍にしようとはしなかった。それ以上にその傾向のはっきりしていた後水尾は、やむなく徳川系を受け入れても、皇位につけることを断固拒否した。明正天皇は後水尾の幕府に対する巧みな裏面工作、後西天皇の場合もほぼ同様のことがウラにあるのではないか。

一〇九代明正と一一〇代後光明については少しずつ書いた。明正については即位前後について少々、後光明についてはやや詳細に。一一一代後西と一一二代霊元についてはまったくふれていないので以下簡略に。

後光明天皇の謎の突然の崩御にあい、次の天皇を誰にということになり、困惑の事態となる。皇子は何人かあるのだが、それぞれ事情がある。高貴宮《あてのみや》（識仁《さとひと》親王）という方は問題なくいいのであるが、まだ生後四ヵ月。そこですでに高松宮家をお継ぎの秀宮良仁《ひでのみやよしひと》親王を、一旦ひき戻して皇位につけるということになった。高貴宮が十四、五歳にもなられたならばご譲位あるべきこと、と初めから条件つきの中継ぎの帝であった。

これが後西天皇である。後水尾の御子であるが、この方のご生母は典侍逢春門院である。

高貴宮が十四、五歳にもなられたならばご譲位あるべきこと、という事前の条件は、幕府が後水尾に対して提示したもののように書いてある一方、正反対に後水尾が幕府に向かって発せられたお言葉だという説もある。事実は約束めいたものより四、五年も早く来て後西天皇の在位は短かった。九年である。将軍家綱の意向により吉良義冬が使者として上洛し、そうさせたとある。特使の名前まで書いてあるから、そのことに嘘があるとは思えないが、一つ不審なことはある。というのは、高松宮家をついだ後西天皇のものに、家光は松平忠直の娘を正室として送りこんでいたのである。併せて九条家へも同様に松平家から嫁せしめた。高松宮家はむろんのこと九条家も天皇家と内々の濃い血縁で結ばれている。後水尾のいちばん嫌いなことであるが、どうにも逃れられなかった。

そのような後西天皇を長く皇位に上がらせておきたくないのは、後水尾であって幕府ではないような気がする。使者の氏名まではっきり書いた幕府の行動が虚構のこととは思えない。しかし、どこか納得しがたいところの残る話である。歴史は書き手によって大いに変わる。細工もウデ次第、論法も百種百様であるらしい。

後西天皇は不運な方であった。短い在位中に災難を二つ背負われた。御所と伊勢神宮の火災である。天皇の徳が欠けているゆえそうなったと、世間の風評が飛んだという。後光明のように秀抜ではなかったかも知れないが、心身ともに凡でもなく弱でもなかった。

後水尾院政四代目は霊元天皇である。一一二代、即位は十歳である。生母は典侍園国子（新広義門院）。生後四ヵ月のときから、次代を担うとされていた方である。そこまでの予見は誰にもできなかったはずであるが、この方は実際にその期待どおり成長していかれ、後水尾はご満悦の極みであった。学に向かう気も心も生まれながらに具わっていたようで、後水尾のよろこびは限りなかった。即位後ほどなくして、和歌に対する才能の芽生えも見え始め、宮廷の文化人としてその先頭を行ける資質の持ち主であることが、誰の目にも見えてきた。後水尾のご満悦のさまは大きかった。帝は長ずるにつれ、一流文化人として恥ずかしからぬ和漢の学の教養を身につけ、後水尾の少壮時に花開いた御所サロンの雰囲気を蘇らせた。

朝幕二者の間の「和」と「乱」も姿を消す段階に入っていた。出会いの華やかさもない代わり、角《つの》突き合わせの棘々《とげとげ》しさもなかった。歓びの喚声もない代わり、耳に痛い怒号もなかった。長くつづいた穏やかな宮廷の日々が巡り来たのであろうか（霊元天皇のあとはその皇子・東山天皇）。

残照　女一ノ宮

空飛ぶ鳥はみな塒《ねぐら》に急ぎ、陽は西に傾き、京の都をとりよろう山々に夕闇は迫りかけている。

延宝八年十月――秋とはいえもう冬の足音が聞こえてきそうなほど、朝夕には冷えを覚える。かつて女一ノ宮と呼ばれた女人《にょにん》がひとり、入り日を浴びてたたずんでいる。背筋はきっと伸びているが、その髪の毛は淡雪を浴びたように白さを交えかけている。

夢の中の出来事のように、七歳で高御座《たかみくら》につき、十四年という年月を帝と仰がれて過ごし、それにて責めを果したとして、きらめく座から降ろしていただいて、今では早三十年いや四十年に近づこうとしている。五十八歳。

退位のあとはすぐに、内裏の南にすでに建てられていた「新院御所」の主となって、いらいずっと新院御所暮しである。さきほどからその己《おの》が御所の裏庭に立って沈みゆく入り日に向かいながら、物思いにふけっていたのであった。肌寒さを感じ初めて女人は裏庭を離れて居室に入る。

近しき人は皆この世の人ではなくなられてしもうた。帝も上皇もふさわしくなく、心はいつまでも女一ノ宮であるこの女人は、しみじみ心でそうつぶやいた。

実は今から二ヵ月ほど前の八月十九日に、おん父君の上皇後水尾さまは八十五歳という当今稀に見る長寿をもって長く大きな生涯を閉じられた。それにつづくご大葬の規模と荘厳さの模様は、胸に灼きついて消えがたいが、父君の破格のご一生はその間の禁中の歴史と不離一体と言ってよいものである。今まで書かれた物語の中にすべて書き尽くされているはずであるから、わたくしとしては今ここで改めて言わない。女一ノ宮はそう心できめ、他に思いをめぐらせる。

実はその大きな存在であった後水尾の薨去を潮として、この世を去って行かれた、かかわりの殊に大きかった人々の没年を、一度しっかり書き出してみたいと、女一ノ宮は思い実行したのであった。自分の一生《ひとよ》の果ても霞の彼方のように遠いものでないことが、身に沁みるように分かってきたからかも知れない。

女一ノ宮のひとりごと

夕餉《ゆうげ》がすみ室《へや》に灯が点《と》もった。女一ノ宮は誰に語るともなく、しみじみと語りはじめた。

――父君・後水尾さまは過ぐる八月十九日にご薨去なされたのでしたが、その三月《みつき》ほど前の五月には、江戸の四代将軍の家綱さまが亡くなられたのでした。おたた様・東福門院さまのお付きの江戸方の武家衆は、それはそれは大層な騒ぎをなさっておられました。最初わたくしは向う岸の火事騒動ぐらいにしか思っていなかったのですが、思えばこの方は江戸城の雲の上のお方。それもまだ四十歳という壮りのお歳の将軍さま、江戸方の嘆きぶりの大きさも分かるというものでございます。

所司代の武家衆の騒ぎぶりに最初はただびっくりするだけでしたが、思えば家光伯父上のお子様ですから、わたくしにとって「いとこ」、おたた様・東福門院さまの甥ごさまでございます。最初横目に眺めて白けていたのが、恥ずかしくなったものでございます。

しかしながらまたふり返ってみますれば、将軍家光伯父上のご逝去のあとの江戸のお仕打ちと申せば、掌《たなごころ》を反《かえ》すような変わり方で、驚くばかりに冷たくなられたと聞いております。くわしく伺ってみると、家光伯父上のお歳の割にはご長男ながらこの方はお若く、後見役の保科正之さまのご意見が、幅をきかせていたのだということでございます。その保科さまはおたた様・東福門院さまの弟君なのですから、世の中のむずかしさをひしひしと感じます。何もかもわからなくなるものでございます。

世の中の深さ、むずかしさということを申せば、やがて一年前となります過ぐる年の師走も押しつまった頃のことでございます。伊勢ノ国の竹原という山里の来福寺の裏山にて、道順上人さまが生き身のまま入定なされましたという便り……。これを聞いたときには、身も心もたちどころに凍りつくような思いに打ちのめされたものでございます。その後も思いだせば思いだすたびに、身も心も震えてまいります。

わたくしが突然のように高御座に上らせていただいてほどなく、道順さまは御所にお上りになり、くさぐさのお勤めをなされたのでございます。その当時はまだ仁和寺《にんなじ》のご三男のままでしたが、それが後の道順上人さま……。

お顔もお姿もこれ以上澄みきってさわやかなお方は、この世に二人とはいらっしゃいますまい。まだいとけなかったと申さねばならぬその頃のわたくしにも、そのお瞳のかがやき、おつむの頂《いただき》のあたりから立ちのぼるほのぼのとした気のようなものは分かったのでございます。おみ足のあとについてゆきたいような思いに駆られたことまで蘇ってまいります。この方はきっと世に稀なお坊さんになられると思いました。

この道順さまも何という摩訶不思議、わたくしの「いとこ」さま。さきほど申しました江戸の四代将軍さまは、おたた様・東福門院さまのご血縁のいとこさま。この道順さまはわたくしのおん父君・

後水尾さまのご血縁で同じくいゝとこさま。

後水尾さまは後陽成天皇の第三皇子。道順さまのおん父君は、後陽成天皇の第一皇子。第三皇子のわたくしのおん父君が後陽成天皇のあとを継がれ、道順さまのおん父君は、第一皇子ながら覚親法親《かくしんほっしん》王《のう》となり仁和寺第二十一世（後南御室とも）となられたのでございます。

世の中にはいろいろ、表に立たない決まりというものがあるのでございますね。わたくしにも年ともに分かってまいりましたけれど……。

道順さまにとって後水尾は叔父君――それゆえ道順さまとわたくしは父系のいゝとこでございます。道順さまはわたくしより五歳年長で、おつむもご学問もぬきんでておられましたから、御所で毎日のようにお顔をあわせておりましても、折り入ってのお話などあるわけもございません。お仕事も忙しくなされておりましたし、禁中は軽く言葉を交す場でもなく、お敬い申すのみにて歳月は流れてゆきました。そうは申しましても、わたくしは帝と呼ばれる身で、ほんに雲の上をゆくような歳月であったように思っております。

それにしましても道順さまのご最期は、めったに見られるものではございますまい。珍しいお話も、広い世の中にはあまたございましょうが、このような終《つい》の時を迎える人が出ようとは、わたくしには思えぬことでございました。

己《おの》が命を捨てて人々の命を救い村を護る――み仏のこころと一つになりきるまで、身を苛《さいな》む修行に耐えぬいた人でない限り、そのようなわざはなし得るわけがございますまい。なみの人の身と心のままではかなわぬことにございます。

風の便りに聞こえてきました道順上人さまのご入定のさまは、次のようなことでございました。

いつ果てるとも知れぬほど疫病は猛々しくつづき激しさを加え、このまま進めば人々は死に絶え村は亡びに至る——道順さまはついに己が身命と引き換えての天地神明のお祐《たす》けを乞い奉られたということにございます。〈わが身命を捧げ奉ります。この村よりかかる病《やまい》なからしめ里を救いたまえ〉——すでに五穀を断ち口にするもの一切なし。携えるもの鈴《りん》ひとつ……。土深く掘らせた穴に身を沈め、竹筒をとおす。それは息抜きの竹。上は軽く物で覆い、あとは六字の名号を称えつづけ、ときに鈴を打つ……。いのち終るまで怠ることあるまじ——〈鈴の音ついに絶えれば土をかけたまわれ〉……七日の後、上人ご遷化《せんげ》。時を同じうして病は消え村は蘇った……と申します。

ここまで女一ノ宮は、聞こえてきた話を己が言葉で語り終えた途端、不思議な体感、大きく激しい身震いを二、三度くり返した。道順上人がいつのまにか乗り移ってきているのを実感するのである。一休止をおいて、女一ノ宮はまた静かに語りはじめた。

並々ならぬお生まれで、ただならぬ修行をお積みなされた道順さま。そしてその命終《みょうじゅう》のさまと申しますならば、村人はことごとく相集い、むせび泣き、ついには号泣果てしなくつづき、上人のみ霊《たま》にひれ伏してやむことがなかった。とわたくしは胸疼く思いで聞いたのでございます。

今までお話しました道順さまのご最期のこと、わたくし、風の便りに聞いたと申しましたが、正直にはっきり申しあげますと、実は次のようなことでございます。

道順さまご遷化のあと、間もなく年が明けましたが、新春一月も過ぎ二月も終りの頃の早朝のことでございます。

人ならぬ人のような方が突如としてわたくしの前に姿を現し、つぶさに今申しあげましたようなことをわたくしに告げ、風のようにまた消えていかれたのでございます。相貌卑しからぬ異装の道人とでも申す感じでしょうか。

飄然として天狗来《きた》る——というような言葉を聞いた覚えもございます。太平記の新田義貞公挙兵の条《くだり》あたりにも、そのようなお話がございましたね。天狗来たりて挙兵を促すというような意味のことがございました。天狗の文字が使われていたことは間違いございませんが、わたくしの前にあの朝、風のように現れた方も、そのような方であったかと思えば合点がまいります。知らぬまに四十年近い年月が流れてしまったことになるのでございます。わたくしが「高御座」を下りさせていただいてから……。

この歳になりますと、月日の経つことの早さにはびっくりいたします。さて、道順さまはわたくしがみ位を降りさせていただく数年前には、すでに修行の道にお入りになっておられましたから、お別れ申してから四十年を越えているかも知れませぬ。それでもほんに昨日のことのように、お若い日の面影が浮かんでまいります。不思議でございます。忘れようとしても忘れえぬ人にございます。あのお方は……。わたくしにも乙女ごころが芽生えていたのでございましょうか。この歳になってこそ、このようなことも申せますが……。

それはそれといたしまして、道順さまは京の各宗派の本山格の大きなお寺で、何年も何年もご修行なされました。と申してもみな伝え聞いてのお話でございますけれど。おつむの殊に涼しいお方でございましたから、勉学のなされ方も違ったのでございましょう。法然さま、親鸞さま、道元さま――そういうご開山の上人さまのみ教えを、つぶさにご研鑽なされましたとか。そして最後のご修行は比叡山西塔黒谷の青龍寺でございました。ここでは五年を越える籠山行をなさいました。法然さま、真盛さまをも越える年月であられましたとか。ご自分の納得のいくまで、仏の道を究め究めて最後に行きつかれたのが、西教寺中興の祖といわれなさる真盛上人さまの教えでありましたとか。その真盛さまの教えが最上とお悟りになったようでございます。そこで西教寺へ登られ、山主さま初め上の方の僧侶の皆様方と何日も何日もお過ごしなされ、その後のことでございましょう。誰が申されるともなく、僧位のいちばん上位の法印大和尚の称号を道順さまに奉呈申しあげ、さらに生盛上人の尊号を奉られたのだとお聞きいたしました。生けるがままの真盛上人、真盛上人の再来――そのように皆様が身をもって感得なされて、期せずして誕生した尊称であり尊号であったと、そのようにつぶさに伝え聞かせていただいたようなことにございます。

前にも申しましたが、道順さまは、このわたくしのおん父君・後水尾さまのおん兄君、いま仁和寺の二十一世御室《おむろ》をお勤めいただいている、覚深法親王さまのご三男であられますから、御所のお勤めを離れられましての後も、仁和寺へはご消息はたまさかにせよ、とどいておりました。おん父上、おん母上も、仁和寺で健やかにお過ごしなされておりましたから、道順さまのことは必ず節目節目には伝えられておりました。そしてわたくしにまでも巡り巡って聞こえてきていた、というわけでございます。

伊勢ノ国の竹原の来福寺を終《つい》の住処《すみか》となされたということは、時を経て聞こえてきてはおりました。遠い昔に御所でお別れしていらい、お目にかかったことも、便りを交したこともございませんが、わたくしは折にふれ道順さまを思いだしておりました。

しかし竹原にも、わたくしのことをお忘れになっていない方がおられたのでございましょう。とは申せ、直接お見知りの方など道順さまの他にはひとりもいらっしゃらないわけですから、道順さまから伝え聞かれてのことではございますけれど……。

血のつながったいとことは申しましても、いとこの方々の多いこと多いこと、三十人おいやすやら五十人おいやすやら、お父上の側だけでもそう……。母上の方について数えればどれほどの数になりますやら、二つをあわせればいかほどになるやも知れませぬ。

ですから、いとこゆえにというお覚えは道順さまにもつゆほどもおありになるとは思えませぬ。その昔、禁中にて何年かをともに過ごさせていただいた限られた方々の中での、血のつながりのあるいとこは、その数は限られていたはずでございます。

わたくしはたまたま、後水尾という大きな帝と、江戸から入内されたおたた様・東福門院さまとの間に生まれた「女一ノ宮」でありましたゆえに、み位に上らせていただいたのみにございます。

万が一にも、道順さまご自身が、そのみ位につかれてもおかしくないお方でございますよね。そのお方が、「五位の位をいただかれて帝にお仕えになられた」と禁中の書き物には書かれておるのでございます。帝とは申すまでもなくこのわたくしでございます。

夢のような話でございますが、これがわたくしの運命《さだめ》と申すもので、他のどなたにも代わっていただくわけにはいかなかったのだそうでございます。ことのついでに一度だけ申させていただきます……。先ほどからずっとつつましやかなことを申してきたかと思いますが、一度まことの「高御座」につかせていただいて十四年も経ますると、ほんとにその気にもなるものでございます。側に仕えてくださっている皆々の衆が、こぞって一心にそうつとめてくださるので、そうなってしまうのでございます。それがまたその衆にとって、世の並のひとからげの人たちとは値《あたい》の違うことになるのだそうでございますね。ゆるゆると分ってまいりました。とめどないおしゃべりをさせていただいておりましても、わたくしは今でも院、上皇さま。そして御所暮しを、命つきるまでさせていただけると聞いております。

――夜はしんしんと更けていこうとも、何のかかわりもない、女一ノ宮のひとりごとはとめどなくつづいていく。

道順さまご入定のその前の年、今から申せば延宝六年の夏の思い出でございます。忘れもしませぬ、六月十五日、おたた様・東福門院和子さまが、お亡くなりになったのでございます。

実の母と子と申しましても、禁中の住まいは少々ちがいますので、往き来など世の方々と同じではございませぬ。しかしこの世でいちばん頼りにしていたお方は、この方をおいて他にはございませぬ。ついにお別れせねばならなかった日のことは、忘れようとしても忘れようはございませぬ。知らせを聞いて駆けつけようとした時の胸つまる思いと、もう一つ悪夢のような思い出があるのでございます。

わたくしが取るものもとりあえず、おたた様のいまわのお床の辺にまいろうと近づいたとき、先に人があって「しばらく」と足をとめられたのでございます。

先にお見えの人と申しますのは、むかし梅ノ宮と申されたお方。おたた様ご入内のとき、江戸と内裏の間で大騒ぎとなったお与津さま事件と名のつけられている、あの時のお与津さまの姫君のこと。兄の皇子はその後、謎のような亡くなられ方をなされたと聞いておりますが、あのときの妹の姫でございます。

その方とおたた様とは不思議にお気がよく通われて、わたくしより平生の往き来が多かったようでございます。その方が一足お先で、わたくしがしばらく待たされる……どういうことでございましょう。お知らせもひとときあの方がお先……かどうか。

そうは申しましても、よくよく過ぎ来し方を顧みてみますと、わたくしはその姫といわずこの世の同じ年ごろのいかなる方とも、天と地ほどもちがう一生《ひとよ》であったのですから、何も申すまじと心にきめました。十四年という歳月、わたくしはこの世に二人とない皇位と申される座の女性《にょしょう》でございました。おたた様とさえへだたりのある、帝と仰がれるひとであったのでございますから。

二条城へおん父君・後水尾さまがお招きを受けて行幸なされたときのことなど、この世のこととは思えない夢の中のお話のようでございました。わたくしたち姉妹、女一ノ宮と女二ノ宮に対する江戸のおじい様、秀忠公、伯父上様・家光公からたまわったお心遣いなどは、天上の世界のようなものでございました。

話が右往左往いたしましたが、称徳さま以来八五九年ぶりとか申される、女身《にょしん》の帝をわたくしが勤めさせていただくようになりましたのも、おたた様の、おん父君・後水尾へのご入内があったからこそのこと。おたた様・東福門院様の一生《ひとよ》は、このわたくしなどの及びもつかぬ中身のものでございました。それゆえわたくしなど何も申してはならぬこと、ほんにこの世のすべてを味わいつくされたお方でございました。
そこまで思いが及びますと、おたた様と梅ノ宮様との間に、深いところでお心の通い合ったことなども、よく分かってまいります。わたくしは、他のどのようなお方も見ることのできぬ世を見せていただいたかわり、他の方々の世界が思い描けなかったのでございましょう。
一昨年《おととし》、去年《こぞ》、今年《ことし》――この三年、大事な方々が四人まで相次いで亡くなられるとは……。おん父君とおん母上、そしてそれぞれの側の大切ないとこさま。何か不思議な気がいたします。いとこさまの方は、生まれてから一度もお顔を合わせたことのない方やら、遠い昔にお別れしたきりの方であったりするのですが、それでいてそのお二人とも、見えぬ大きな風のような力を吹き送ってこられるので、思いだすたびに身震いを覚えるのでございます。

女一ノ宮のひとりごとは、このあとは、もう更けゆく夜のしじまの中へ、吸いとられるように消えていくのかと思えた。しかし、それはほんのしばらくの間のことにすぎなかった。また何か強く心に蘇ってくるものがあったらしい。突然声に張りが加わって、女一ノ宮はまた語りはじめた。

遠い昔のことになりますが、忘れられない、あと二人のお方の思い出でございます。

何度も申しましたが、わたくしが高御座に上らせていただいていたのは十四年という歳月でございます。そのあとをお継ぎになったのは、わたくしの弟君にあたられる素鵝宮《すがのみや》さまでございました。何もかもおん父君・後水尾さまのお指図のままでございます。

おん父君はこの素鵝宮さまへは格別の思い入れがおありだったと伺っておりまする。若くしてわたくしのあとをお継ぎになったこの方が、なんと二十二歳という若さでお亡くなりになってしまわれたのでございました。意外も意外、ただごととは思えない、またたく間のご薨去——暗くて冷たい何日かが流れました。耳をおおいたくなる噂は、わたくしにも聞こえてまいりました。今思いだしても背筋が冷たくなってまいります。九月の終りのことでしたのに、重くうっとうしい日々のつづいたご葬儀のあとさき……。

なにゆえ京と江戸の間には、このようないざこざがつづくのでしょうか。晴れていたかと思うと雨が降り、青空が見えていたかと思うと急に嵐がくる——このようなことの繰り返しの月日が流れてまいりました。最初わたくしには幼くてわかりませんでしたが、この素鵝宮さまとみ位を替わるころからゆるゆる分かってまいりました。後光明天皇と諡号《おくりな》をお受けなされた素鵝宮さまが、おかくれになった年は承応三年（一六五四）という年でした。九月二十二日がご命日。それにしても月日のたつのは何と早いことでございましょう。もうあれからでも二十六年、三十年に近いのでございます。

素鵝宮さまのお亡くなりになる、たしか三年前、わたくしの母方の伯父君・三代将軍家光公がお亡くなりになったのでございました。慶安四年（一六五一）という年のこと。ご命日は四月二日。よく覚えておりまする。この方はおたた様のおん兄上。おたた様はこの方をほんとうに頼りになさってお られました。はた目にもよくよくお分かり申しました。わたくしが高御座につかせていただいていた時代にご上洛なされたのでございました。

あのお顔、あのお姿——衣冠束帯にて侍従四位の武家の方をお従えになり、「参内して天子に拝謁」なされたというわけでございました。わたくしは姪でございますけれども、高御座の人、将軍を謁見させていただきました。何という不思議な、生きた絵物語でございましょう。

あれは「御代替りのご上洛」と呼ばれるものでございました。供奉《ぐぶ》なされた親藩初め譜代の大名方、東西外様の大名方、その方々の従えられたすべての人々は、しめて三十万七千余人に上るのだと聞かされました。よくよく覚えておりまする。後にも先にもない天下の大将軍のご上洛——おたた様もこの頃、お会いするたびに、このときの思い出を語られたのでございました。もう少し長くご存命でしたら……というお思いは、おたた様には殊に強くおありであったこと、わたくしにも禁中のどなたにもよく分かったことでございました。

深い思い入れをこめてしみじみと語りついできた女一ノ宮の胸に、ようやく思い残すことのない安堵の思いがひろがってきたのであろうか。しんしんと更けてゆく夜のしじまの彼方へ、おだやかな息遣いは吸いとられていった。

侍女の夜語《よがた》り

わたくしふさにございます。女一ノ宮さまにお仕えする女《おみな》にございます。お仕えする、と申しますより、ともに長の月日を過ごさせていただいてきたものにございます。幼な友だちとしてお遊びのつれを仰せつかまつりましてより、高御座《たかみくら》におわすときは申すまでもなく、み位を退かれなされてからも変わることなく、影の形に添うがごとく、ともに一生《ひとよ》を過ごさせていただいてきたものにございます。

称徳さま以来八五九年ぶりとか申される、女身《にょしん》の帝をお勤めなさるには、目には見えぬ太い鎖に縛られなされたからに違いございませぬ。女一ノ宮さまも、お仕えするわたくしも、はなのころにはさようなことは分かるわけもございませぬ。おん父君・後水尾さまの仰せのままにお動きなされたままにございます。仰せ出された後水尾さまといえども、どうしようもない天のお導きのままになされたことであったかも知れませぬ。ほんにこの世は、治天《ちてん》の君と仰がれなさる雲の上の帝でおわそうとも、思いのままにならぬことが、あまたおわすことなど、私ども二人も年を重ねるほどに分かってきたことでございます。

お話ししたいことはあまたございますが、忘れてはなりませぬことを先ず第一に……。

女一ノ宮さまが夢枕に、宝珠を手にした仏さまを拝みなされた話でございます。み位を退かれて十二年が経った明暦元年という年の五月八日のことでございました。

女一ノ宮さまは不思議な夢を見られたのでございます。仏さまが宮さまの前の方にお立ちになり手招きなさいます。お手には美しい宝珠をお持ちになり、

「あげるから、おいで」

とおっしゃいます。

「早くいらっしゃい」

と、にこやかなお顔がおっしゃっているようなので、宮はためらうことなく走って、お堂に足を踏み入れようとなされたとたんに、パッと目が醒めたということです。ところが目が醒めたすぐあとも、お堂はまぶしい光を放って、瞼からすぐには消えなかったそうでございます。ゆえにハッキリ覚えているのだそうで、まわりは美しい山水で囲まれ、その底のようなところにお堂は建っていたということなのです。お堂は格子造りの精舎で、入り口には青竹の簾が掛かっており、左右には狛犬がキチッと座っていたと申されます。

夢とは申せあまりにもはっきりしたお堂の姿、宮は翌朝さっそく十数人の舎人《とねり》の人たちを招かれ話

をなさいました。探し出してほしいということなのです。舎人の人とは御所をお守りしたり種々の雑用をしてくれる人なのですが、この方たちも夢の中の話とはいえ、宮さまのつぶさに、その目で見てこられたような生き生きとした話しぶりに、目を丸くしながら驚き聞き入りました。

それぞれがそのお堂の建っているところの情景をくっきりと思い描いて、駈け出すようにして目指す方向へと急ぎましたところ、あら不思議――という感じで存外たやすくそっくりなお堂を見つけだしてくれたのでございます。山科の柳谷山《りゅうこくさん》の麓に、宮さまの申されたとおりの精舎が建っていたということでございます。宮さまご本人は申すまでもなく、女房衆のたれかれも、夢のお告げのまことであったことに目を白黒にして驚き合いました。得意気に語る舎人の頭《かしら》も、うなずきあう舎人のどの面々も、夢のお告げのおそろしさに感じ入ったことでございました。それから先、このわたくしふさを初め、上皇御所の女房衆は申すまでもなく、舎人のはしばしにいたるまで、いまは上皇となっておられる女一ノ宮さまの、み仏から授けられなされた妙智力《みょうちりき》と申すようなものに畏れの思いを抱くようになったのでございます。

そのころ御名《おんな》を紅玉真慶《こうぎょくしんぎょう》と申される、風変わりな修験《しゅげん》の行者さまとお出会いなさいます。天台宗の聖護院を本山とする修験宗派に属されるお方で、全国の霊地という霊地を、気まめ足まめにめぐって修行を怠らなかったという道人と呼ばれるお方でございました。宮さまが夢枕に、宝珠を手になされたみ仏を拝みなされたころ、真慶さまは十禅寺に草庵を結んでおられたようでございます。

上皇と呼ばれる身となられてからも、女一ノ宮さまの身の廻りのことに、さしたる変わりはございません。わたくしの他にもお付きのものはあまたおりまする。帝と呼ばれなされたころが、何かにつけお付きの数はいちばん多くはございましたが……。この世にあられる限り、世にいう不自由はございませぬが、また並のもののなす勝手もお出来になれませぬ。

さて、真慶さまは卜筮《ぼくぜい》を能くし、法力もまたただならずと世の評を高めていかれます。女一ノ宮さまが、この並ならぬ修験の行者さまに心のよりどころを見出しなされたのは、自然の成り行きでございましょう。ともにいるわたくしも痛いほどわかったものでございます。

「異相の道人にして牛に騎《の》り、襤褸《ぼろ》を着て参内」――

と、物の本に記されているそうにございますが、わたくしども女房衆一同、ともに手を合わせて拝み、お迎え申したものでございます。禁中に伺える僧侶さまは、紫衣を召された名のある高僧の方に限られる。というのが「お決まり」でありましたのかどうか、よくは存じませぬが、宮はとにかく真慶さまを頼りとして仏道に励まれました。わたくしどももともにその座に加わらせていただいたのでございます。

しかし紅玉真慶さまも、そう長くはこの世にお見えになりませんでした。後水尾さまご薨去の三年後にはご遷化なされたのでございます。

その後の宮さまはますます仏道へのご精進を深められていく毎日でしたが、それから十三年後の去年の暮近く、七十四歳にておかくれになったのでございます。元禄九年の十一月十日のことにございます。わたくしふさも間もなくみあとを追うことになりましょう。

とは申せ、このあと心に残っております大切なことがまだ二つ、三つございます。どうかそれだけ語りつくさせてくださいませ。

宮さまが十禅寺にお尽くしなされたお力のほどは語りつくせぬほどにございます。再興に近いことをおやりになされましたが、その後も年々のご寄進、お心のこもったお心遣いのかずかず、頭が下がります。わたくしもお手伝いのはしくれはさせていただきましたが、後の世に残るご奉納があまたあるのでございます。

次に諡号《しごう》と呼ばれます「おくり名」のことにございます。明正《めいしょう》というおん名をいただかれましたが、称徳さま以来八五九年ぶりの女身《にょしん》の帝のことであり、ひとり身であり、あまりお仕合わせでもなかったことなどから、この方にあやかるおん名など考えられたとお聞きいたしました。称徳さまもお相手の道鏡さまも、世に流されている好ましからぬ噂とはうらはらの、ずいぶん気高いお心のお二方でありましたのが、まことのことであったと、わたくしは聞いておりまする。とは申せ、ひとたび世にひろく流されましたる噂は拭い去れませぬゆえ、称徳さまにかかわる案はとりやめ、明正と決められたと聞いておりまする。元明、元正の母子さまのお二方から一字ずついただかれたわけでございます。

元正さまはひとり身で過ごされたそうですし、わたくしの大事な女一ノ宮さまも同じこと。ほんとに宮さまはよき「おくり名」をいただかれたものと思っておりまする。

もう一つのわたくしのこの世への言いおきの言葉とさせていただきたいことは、女一ノ宮さま、いや明正さまのお心のすみにあって消えようもなかった、道順さまへの思いにございます。と申しましても、決して男《おとこ》・女《おみな》の間のことではございませぬ。道順さまは宮さまの五歳ほど上のおん父方のいとこさま。

「若き日の仁和寺のご三男さまが、幼き女身の帝にお仕えになっていた」

と、記されている、そういう間柄の思いにございます。

おつむもおかんばせも涼やかな、年長のおん父方のいとこさまの道順さまを、心でお慕いなされた宮さまのお心はごくごく自然ではございませぬか。お側にお仕えしていたこのわたくしふさでさえ、もしも許されるものでしたら……。

伊勢の山里の竹原の来福寺を、不思議のご縁により終《つい》の住処《すみか》となされた道順さま。じかの文《ふみ》の往き来などついぞなかったのでございまするが、大きな節目節目での道順さまのご消息だけは仁和寺に伝えられておりましたし、巡り巡って宮さまの方へもとどいておりました。それゆえ道順さまご最期の、生き身のままのご入定《にゅうじょう》の便りは、しかと宮さまの方へ伝えられたわけでございます。

語りつげば果てしがございませぬ。このあたりでご免こうむります。わたくしの命の灯もやがて消えいこうとしております。さらばでございます……。

（〃十禅寺〃関係は、小石房子著『物語日本の女帝』による。）

終章　波羅蜜

行者　道順（一）

仏道修業のためにこの世に生まれてきたような青年僧道順は、ひたぶるに一切経をひもとき、その中に心身をうちこみ、類稀《たぐい》な行者として十数年を過ごしてきた。

先ず最初に門を叩いたのは西本願寺。親鸞上人の教えを真摯に学ぶ。

〈善人なおもて往生す。まして況んや悪人をや〉

勉学の面はもとより、念仏の実践においても誰にも負けぬだけ励む。頭の上の勉強だけではない。魂で納得できるまで己を深めたい。三年余ここで学んだが、もっと違うところで勉強してみたい。

そして越前の永平寺に歩を運ぶ。道元禅師の曹洞宗を学びたい。一心に道元の教えをつかみ取りたい。

只管打坐《しかんたざ》——ひたすら坐禅をなし、余念なく自己を見つめよ。

教えを素直に受けとめ、ただただ実践にはげむ。しかしもう一つ違う観点から学びたい。

次は浄土宗を訪ねる。知恩院である。

〈たとえ法然上人にすかされまいらせて、念仏して地獄に落ちようとも、更に後悔すべからずそうろう〉

と、親鸞に言わしめた、その本源を尋ね学びたい。浅薄な懐疑の思いからではない。軽薄な探りの根性からではない。それぞれの教えの真髄を慎み学んだはずであるが、魂の底から湧き上がってくる充足感が得られない。これは一体どうしたことであろうか。道順は更に更に自らを苛《いじ》め高めたいと希う。

法然、親鸞、道元、日蓮、そして真盛等々の先師先賢たちの学んだ比叡山——ここを目指したいのは道順の素志というものであった。漠然と憧れていた究極の道場に、学び得る素地がついに具わったという思いが湧き起こってきたのであろうか、道順は襟を正し意を決して比叡山を目指すこととする。

比叡山と一口に言っても、東塔《とうとう》、西塔《さいとう》、横川《よかわ》の三塔があり、三十谷《こく》三千坊があるという。もはや駈け出しの身ではない道順、的を絞らずして漫然と比叡山をめざすわけはない。志は定まり手筈はととのえられていた。

西塔黒谷の青龍寺——道順はわが究極の修行の地をここと定めた。最後となるかどうかはわからないが、いまは、己が仏道修行の極北の地をここと定めるしかない。景仰する法然、それにつづいた真盛が三年間籠ったところである。敬慕する真盛がとどめていった遺風は、まだ黒谷の岩根にさやかに残り、道順の心をはげしく打つ。

〈無欲《むよく》清浄《しょうじょう》専勤《せんごん》念仏《ねんぶつ》（よくのないきよらかなこころでひたすらねんぶつ）〉

今の道順はこれに強く心ひかれた。

称名一日六万課――一日六万遍お念仏を称える。真盛にならい、この行もここにて発願し、とどこおりなく実践する。黒谷籠山行は五年に及んだ。いつのまにか先師法然、真盛の三年を越えていた。

魂の遍歴を重ねた道順が、最後にたどりつきすがりついたのは真盛であった。ようやくにして魂の安住の境地を得たと思った道順が、どこよりも先に訪ねたい先は西教寺であった。この大いなる歓びを報告し、お礼申しあげねばならぬのは先師・真盛の、魂の宿る西教寺であった。比叡山山麓に西教寺はある。聖徳太子の創建にかかると伝えられる名刹であるが、事実上真盛の再興により息を吹き返した。

野辺を歩む牛も、真盛をひと目見ると頭を下げて拝んだと伝える坂本一円には、真盛を追慕してやまぬ遺風はまだ強く残っていた。その真盛上人の再来のような、今日《こんにち》の聖《ひじり》が近く黒谷から下山して西教寺を訪れるという噂は、いつの間にか存外しっかりと全山に聞こえていた。

各宗各派の本山三名刹での修行十数年、加えて比叡山西塔での籠山行五年という長期にわたる間断なき修行をなし終えた人は、当今そう数多くはいない。

管長以下全山各坊の衆僧は、こぞって道順を迎えた。自ら語ることはなくとも、噂は風に乗って麓に届いていた。修行に打ち込む道順の凛々たる気迫は、見る者聞く者をたじろがせるに十分であった。法然、真盛を慕って黒谷に入った道順が、先賢たちを超える五年の籠山行を終え近く山を降りる。そして真っ先に西教寺に参詣したいという熱い気に燃えている。それは真盛こそがわが師である、無二の先達である——という究極の結論を、道順が得たからである。近ごろ稀に見るきびしい青年修行僧の道順とはそういう人であって、黒谷を出れば何をおいても直ちに西教寺に足を踏み入れる——地の底から湧き上がってきたようなこの噂は、力強い潮騒のひびきとなって西教寺にひろがっていた。


道順を迎えて西教寺は沸いた。全身から発する凛としたさわやかさ、面貌からあふれ出る仏道精進へのひたむきさは、立ち向かうすべての人々の心をとらえる。

道順が西教寺に入って何十日、全山の空気が一新される。道順から出るオーラのきらめきもよかったが、迎える山主以下衆僧の純な心根も美しかった。道順の放つ濁りのない凛々の気と、一つになろうとみな素直に励む。

真盛上人の最盛期に見られた法悦の気が全山にみなぎる。そのうち道順は思いもよらぬ贈り物をいただくことになる。法印という僧位の最高位を奉られることになった。さらに遥かにもっと価高き生盛上人という尊称を謹呈されることとなったのである。法印も得がたいが、生盛上人とはわが分を超える。拝辞したいと口にしても、無論それまで……。真盛上人の再来か、生ける真盛上人か。謙虚な道順は真実恐縮したが、最後恭々しく頂戴する。

「わたくしはあくまでも真盛上人の弟子にございます。もしもこの世のどこかに草庵を結ぶときが来ますれば、その草庵を西教寺の末寺として下さりませ」

「何をおっしゃってておみえですか」

わけのわからぬような問答が、西教寺を辞する別れの言葉となった。

行者　道順（二）

早春の午後の淡い陽光が、仁和寺の守護館《しゅごやかた》の客殿の一室にさしこんでいる。先日来、岡田金右衛門は日に一度は道順をここに招き話しこんでいる。道順の身のふり方を定めねばならぬのであった。

「京都の大寺はいずれのところなりと、高き座を設けてお迎え申しあげるでしょうが」

道順は軽くうなだれたままでいる。仏の道ならいずこなりと垣根なし、というものではないことを、金右衛門もよく知っている。ただ口に出てしまっただけである。

道順は久しぶりの仁和寺帰還のすぐ前、何十日間を近江の坂本西教寺で過ごした。その間に受けた歓迎と栄誉と将来への期待のことは、詳しく聞いてわかっている。謙虚な道順が、管長以下こぞって口にしてくれた西教寺入りの招請にすぐ応えないのは、やはり儀礼上の心遣いがある。時をおけば機の熟することもある。

金右衛門はそう考えたが、ここ何日かじっくり二人だけで話しこむうちに、世間一般の遠慮という心くばりだけがその底にあるのではない、ということが日とともに鮮明に見えてきた。

金右衛門はひとりつぶやいた。

「この人は法然、真盛にも劣らぬほど一切蔵経をひもとき勉学を積まれたというが、どうもそれを生かそうという気はなさそうである。一宗一派を開こうという気などあるとは見えぬ。どうもワシにはよくわからぬ」

二人の話が沈みかけたとき、金右衛門は声を強めてこう切り出した。

「黒谷を出て西教寺での滞留を経て下山なされたときの、あの背中から後光がさしてくるようなまぶしさはどこへ行きましたか」

金右衛門はカラカラと笑った。話を元気づけたいという気味もあった。

ピカピカの山門をくぐって、何年ぶりになるかという仁和寺の境内に入ったときの、十分に青年僧の面影をとどめた道順の、頭上のあたりからきらめくように見えた光を、人々はみな目を見張るようにして打ち仰いだ。まだ十年にはならぬ、過ぐる寛永十八年、宇多天皇のご創建以来およそ七五〇年ぶりかに再興された仁和寺。真新しい豪壮な山門は春の陽を浴びてまぶしかったが、その山門もびっくりするような、あの日の仁和寺ご三男の帰山の光景だった。

金右衛門の眼に焼きついている。

「これは立派な高僧におなりになった」

真実そう思った。

「どこから行脚《あんぎゃ》を始められたらよいかのう。一宗一派を開かれる晴の決起というか、旗挙げの場じゃ」

金右衛門は悦に入ったようにぶちあげたが、それはこの時集っていた一団を浮きたたせる狙いというより、この機に乗じて行動を起さんとする自分自身への檄でもあった。事実帰山早々の道順には内から発する正気《せい》ともいうべきものがあり、何人をも動きたくさせる力があった。

朝夕の勤行には人一倍力の入っている道順に変わりはないのだが、日を経るごとにどことなく翳りが見えかくれするのはどういうことであろうか。

人間、いかに一切蔵経をひもとき勉学を積もうとも、先行き何の光も見えぬようでは気は晴れない。この先、何をするでもなくただ一人お念仏を申しているだけではどうしようもなかろう。金右衛門は自分流に思いをめぐらして、帰山以来の道順の姿を見ると腑に落ちぬことが次々と湧き上がってくるばかりである。

金右衛門は考えた。今から十八年ほどの昔、寛永十年（一六三三）に、道順は宮仕えの身であったが、或る日忽然として世の無常を思い発心、みどりの黒髪を剃り、名を道順と改め仏門に入った、と聞いている。その頃わが家は先代の父・岡田左馬之助輝長が仕切っていて、わたしはまだ年少であって何も知らない。ひとつそのときの模様をきいてみよう。

一度膝をつき合わせ話し合ってみることを約束して、金右衛門は一席を設けた。道順の話はあらまし次のようなことであった。

——寛永十年の頃にさかのぼる。もうその頃、世の中は日々安楽、太平の気は京のすみずみにまであふれていた。戦乱の名残りはとどめず平穏無事の日常であった。

わたくしは毎日禁中に出仕していた。内裏の守護というのがわたくしのいただいた職名であったが、もろもろの事務関係一般の仕事というのがその実態であった。有職故実《ゆうそくこじつ》ということが重んじられるのが宮中で、礼式・典故・官職・法令など、古来の伝統的なことに関する仕事はけっこうあり、わたくしは已に課せられた事務処理を通じて、実はこの数年間に思いのほか多彩な勉強をさせていただいた。

時の帝は女身《にょしん》の女一ノ宮と申しあげていたお方。おん父君が高御座をこの方にお譲りになり、称徳天皇以来八五九年ぶりという女帝となられた。上皇となられた後水尾は、仁和寺のこのわたくしの父君の弟さまであるが、先帝後陽成から皇位を嗣がれ、わたくしの父君は仁和寺の御室《おむろ》となられ、このわたくしはその三男——このあたりの話は、今更いわずとも金右衛門どのはよくお分かりのはず。先代左馬之助どのが伊勢ノ国から上洛して、仁和寺の守護関係の仕事をお受持ちくだされ、あわせ禁中にもかかわりがあったかと思うが、その辺のことは先代を受けつがれた金右衛門どのの方がくわしくご存知のことであろう。金右衛門重徳どのは左馬之助どののご三男、わたくしも仁和寺の三男、不思議なこと。仏縁というべきか。

金右衛門どのお尋ねの根幹は、この道順の出家の発端であるはず——さて、多分ご存知のことと思いまするが、寛永十年という年のお花見のこと。忘れもしない三月の十九日、ほとんど禁中総出の御《お》室《むろ》の山へのお花見が行われた。

前日までの肌寒さもどこへやら、ほんとうにまたとないお花見日和……みんな浮かれて心の羽を伸ばす。わたくしも若いし心浮き浮き。花は満開、人も着飾って道いっぱい。あちらの小径、こちらの小径、いずこへ行っても面白くて、とめどなきそぞろ歩き。西行を思い業平を偲び、思いは千々《ちぢ》にひろがって楽しかったのだが、そのうちじわりじわりと心のすみに痛みを覚えはじめた。

どこの小径を歩いても出会う顔はみなふだん見なれた内裏の顔、京の町の顔とばかりと思っているうち、径の要所要所で京の衆とは身形《みなり》、顔つきの違う人に出会いはじめた。関東の武士たちである。初めのころにもたまさかには見ていたのだが、あまり気にとめなかった。或る処から意外にその人たちがふえ、気が重くなってきたのである。中宮御所には多数の武士団がいる。だから初めから分かっていたことではあった。天野豊前守と大橋越前守はあまたの武士団を抱えている。それぞれ与力一〇騎と同心五〇人という陣容である。所司代には中宮入内の前から多数の江戸方の武士が常駐している。今では京の衆もみな見馴れていて京の街に融けかけているのだが、その日のお花見にはどうもちぐはぐの感じが否めない。

とは言っても、その人たちだけが悪いというのではない。異様だというのでもない。そのような風景を、そのような世の中をつくっているものを、わたくしはそのとき不意に気にかけはじめた。或る見えない、大きな巌のようなものを前にした思いで、わたくしは動けなくなった。

ひとり小径から離れ、人気のない奥に分け入り、大きな古株の上に蹲り、やがてまどろんでいった。そのうちわたくしは、深々としてあたたかい湯の渦のようなものの中へ引きずられるように巻きこまれていった。

すると忽ち、見たこともない極彩色の絵巻物が、ゆっくりとあでやかに繰りひろげられはじめた。何ごとだろうと目をこらしていると、晴れやかな豪華この上もない行列である。和子さま入内の行列だったのである。七十万石の花嫁のお話、耳では十分聞かされていたが見ているわけではない。そのときわたくしはまだ一歳そこそこ、ところが昔の実体験を復習しているような思いで、なつかしそうに眺め入ったのは不思議であった。

その行列がスウーッと消えて目の前が空白になったかと思うと、またしても華麗な行列が展開しはじめる。前の絵巻物と少々趣向はちがうが、しつらえは以前にまして最高級。何の行列かと思う。それは後水尾さま二条城行幸のときのものだった。一瞬はっきり帝のお顔が仰げて驚愕。とたんに狂風にさらわれるようにして画像は消えた。

何ごとかと思う間もなく、次に現れたのは、目にするも眩しい室内のしつらえ物——高御座であった。女一ノ宮の即位の大礼のときの高御座。平安絵巻のように大きくあでやかに映し出されたが、魔法がかけられたように直ちに消えていった。

再びいずこへともなく身も心もたゆたう思いにひたっていると、いきなりドスンと暗幕が下がり、目の前が真っ暗になる。その後、次から次へと後ろ姿が前方へ遠のいて行く。みな僧衣である。高僧の方々と見える。つれだって行く群もある。歩みは重くのろい。勅許紫衣事件のときの配流のときの高僧たちの旅姿であった。

また画面の変わる予感はあったが、どのような光景かと思いめぐらすいとまもなく、目の前に現れたのは茫然として得体の知れぬ靄のかかったような風景。やがてうすら寒い風が吹き付けてくると、幼な子が現れて近づいてくる。しっかりとした足どりである。明らかに高貴な風情をたたえた幼な子である。そよと吹く風が起きたかと思ったら、さらわれるようにその風に乗って消えていった。

入れ替わるように、かすかに顔をのぞかせたのは、生後あまり日のたたぬ乳呑み児。御殿の中の室内の風景であることに間違いはない。お部屋の様子も寝具もちがう。このみどり児が顔を見せたのは一度きり、あとはなかった。

次にぼうっと浮かび上がってきたのは、やはり御殿の中の一室。高貴と気品の香がそこはかとなく漂っている。主は女人であることはひと目でわかる。お顔は見えたか見えなかったか。時間は短かった。ただ心に刻まれて忘れがたいのは、ふっくらとした布団がその間、嗚咽で波打つのをやめなかったことだけである。

それぞれの画面が何であるかはすぐわかった。夜半の嵐にさらわれるように消えていった皇子二人と、中宮和子さまにちがいなかった。


金右衛門に対する道順の語りは、進みゆくほどに熱気を高めてゆく。冴えた頭脳からくり出される道順の弁舌にはきらめきがあった。しかし……そもそもの出発点は、道順の出家に至る「動機」であった。「これぞそれである!」と一刀両断スカッと眼前に提示されると思いきや、道順の話は延々とつづくばかり、花見のあとのまどろみの中で見た夢の物語は、入口も出口もわからない迷路歩きのような様相となった。

話は、ことごとく道順の一方的なひとり語りであったわけではない。初めの間は金右衛門も適当に口を挟み、ある程度対話の形で進んできた。しかしお花見のあと、大きな木の古株の上に蹲り、まどろんでいるうちに見た絵巻物のような夢物語の部分は、完全に道順のひとり舞台であった。それは金右衛門も驚くほどの道順の一気呵成の語り口であった。

一息つき、再び道順はゆったりと語りはじめた。

「思わずおしゃべりが過ぎたかも知れませぬ。金右衛門どのお許しくだされ。されど夢に見た絵巻物語こそ、わたくしの背を一挙に出家の道に押し出してくれたものにござる」

「と申されると、あの夢の幾場面かの出来事は……」

「さよう、この日本国の歩みそのままの大きな出来事ばかり。わずか十年足らずの間のことながら、国の舵とりにもかかわったものにござる」

「それは大体わたくしにもわかります。かつてこの国で起こったことのない異変ばかりが次々と」

「和子さま入内のことは、かつてない慶事に相違ござるまい。その六年後には踵を接するように後水尾天皇の二条城行幸」

「わたくしも先代左馬之助から、その二つのお話はたびたび聞かされてよう知っておりまする。和子さま七十万石の花嫁のお話、後水尾さま二条城行幸のときのこと。この二つで京の都がひっくりかえるほど沸きに沸いたお話」

「そして吉のあとには凶がくる。二条城行幸のお祝いごとのあと、忌わしい思い出をさそう勅許紫衣事件が起こりました」

「たいそうな騒ぎであったそうにござりまするな」

「京の名刹大寺は鼎の沸くような騒ぎ。わたくしはまだ幼いながら、これはこの肌で知っております。仁和寺は御所と一体のようなものゆえ直接火の粉は来ないながら、騒ぎは伝わってまいりました。この勅許紫衣事件のあと、江戸と京の間にいろいろ悶着がござった。そのうち皇子さま二人までもが謎の急死」

「そのあとにござりまするか。女一ノ宮さまのご即位のことは……」

「その通りにござる、金右衛門どの。和子さま入内以後十年足らずのうちにくりひろげられたのが、今繰り返した出来事」

「ほんに重い出来事にござりまするな」

「この底にあること、深い深い底の底にあること——それにハタと気がついて、頭から離れないのでござる。そのような心底、金右衛門どのなら、どうなされるや」

二人とも黙って、しばらく頭を上げようとしない。ふと道順は何かを思いついたように、少し語調を変えて語りはじめた。

「金右衛門どのは、明《みん》国の故事にある〝邯鄲《かんたん》の夢〟のお話をご存知であろうか」

「いいや、いっこうに」

「昔、蘆生《ろせい》という若者が邯鄲という郷の宿で、道士の枕を借りてまどろんでいたところ、不思議な夢を見たというお話じゃ」

「ほう、いかなる夢にござりましょうや」

「次々と華やかに立身出世をくり返し、富貴と栄誉を重ねていく、しっかりしたくわしく長いお話なのでござるが、さめてみればただの夢で何もなく、しかも短い時間のことであったという。というのは眠りに入る前に炊きかけておいた高粱が、まだ煮えるに至らないほど短い時間のことであった。というようなお話にござる」

「面白いお話にござりまするな。われらも一度見てみたいような」

「蘆生の見た夢は、覚めてみれば消えてなくなってしまったが、わたくしの見た夢は、心の深い処に横たわり、時とともに強さを増してわたくしを責めてくるのでござる」

「それがしにもわかる気がいたしまする」

道順を、苦しめ痛めつけている目に見えぬ怪物は魑魅魍魎《ちみもうりょう》のようにつかみがたいが、話し合い論じ合ううちに、頭、胴体、手足尻尾のあらましは見えてきた。宝の奪い合い、力の競い合い、誉れへの妬み合戦——それぞれが執拗で力強く断ちきれない。人間の業というべきものである。生ある限りそれらに執着する。妄念は所詮どうにもならぬ。現にふり払い悟りを得たはずの道順が、まだ迷っている。

〈妄念のうちより申し出したる念仏は、濁《にごり》にしまぬ蓮《はちす》の如くにして決定往生《けつじょうおうじょう》疑いなし〉

といったのは恵心僧都である。比叡山横川で生み出された恵心僧都のこの言葉は、その後進にしっかりと伝えられ、真盛を無二の師とする道順の血肉となっている。道順は、この言葉の真髄を会得しているはずである。

和子さま入内後の十年間にくりひろげられた、菊と葵の相克の中身は、多種多様、千差万別、複雑多岐にわたっていて一言では言いきれない。時の経過とともに、その根が朽ちてもいったが、逆に、限りなく強く根が張り、抜きがたいものもあった。「血」の塊のようなものが、見えないところでとぐろを巻いている。

〝傷めあい〟ならぬ〝命の殺《あや》めあい〟――聖域の中で、いくたびこれがくり返されてきたことか。企画者は誰か、方法は何か、実行者は誰か、頂点に立つ人は誰か。全て明確であるはずであるが……。

思いがここに至り、心の暗雲がひろがってくると、都の空気が重苦しくなってくる。その重苦しさを、はねのけるすべをつかまんとして出家の道を志したのではないか。逃避しようとして出家したのではない。二十年になんなんとする修行を経て、ついに大悟を得たと信じ、道順は黒谷をあとにした。

もはや、やむことのない呼吸のようになった念仏は、道順その人のようなものになっている。いかなる日にも懈怠《けたい》はない。しかし、時折心にすきま風が入る。それを金右衛門に見すかされている。

「嗤ってくだされ、金右衛門どの」

しぼり出すように道順は声を出す。

うなだれている金右衛門の肩がかすかに波打っている。泣いているのであった。

「何のための修行ぞや。これしきの妄念に克てずして」

口には出さないが道順の痛い思いが肝にこたえている。

「わたくしは都には住みとうない」

本心が道順からこぼれ出る。先日来、金右衛門にも察しはついている。

「さりとて、都を離れての道順大和尚は考えられませぬ」

とっさに金右衛門から出てきたのは、表向きの言葉であった。仁和寺のご三男にして宮中勤め。禁中こぞっての御室のお花見の日に、忽然として世の無情を感じて発心をし、翌日出家する。以後二十年にも近き仏道遍歴修行の旅をつづけ、その最終点ともいうべき西教寺においては、最高の僧位と称号を授けられた。これがただ今の道順の履歴書であってみれば、金右衛門としては一度は言わねばならぬ言葉であった。

「世のため何かをして返さなければならぬと思い、わたくしは山を下り申した」

「わかっておりまする」

「都へ帰ってみると世の中が怖くなったのでござる」

京の都に怖いところがあるとは思えない。この人だけが怖いところを知っている。京の都にだけある怖いところを。それをこの人は知っており、知りすぎている。

金右衛門にもそのことがよくわかってきた。二人の間に空白の時が流れた。沈黙を破ったのは金右衛門だった。

「しばらく山家《やまが》で念仏を申されまするか」

道順はうなずくように頭を垂れる。

「もしもさようなことがかなえられれば……」

金右衛門の一応の任期が近く切れ、それをしおに伊勢への帰国を考えていることは、すでにわかっている。しかし道順の去就をそのことへ結びつけようとする気は、金右衛門につゆほどもなかった。道順とてもそれは考えていなかった。

「しばらく山家で念仏を申されまするか」

この言葉が口からこぼれたとき、金右衛門はとっさに己が帰国に思いを馳せた。わが邸の川向うの小高い山を背に、天台宗真盛派来福寺は建っている。草創以来およそ百五十年、荒廃は甚しいが、少々手を加えれば住まえる。ここ一年近く無住になっている。

金右衛門といえども、まさか道順を己が郷国の伊勢の山奥の小寺へ、誘おうなどとは思っていなかった。水が低みへ流れていくように話が収束していったのである。

今の道順にはこの道しかないと思っているうち、郷国竹原の風光がまなうらに浮かび、さも当然の如くに出てしまった。

「ふとそれがしの脳裏に浮かびましたるは、わが郷国のことにござりまするが」

「ひねもす念仏を申すことのできる草の庵がござれば、何も申すことはござりませぬ。金右衛門どのお願い申しまするぞ」

道順の顔に、久しぶりに惚れぼれとする喜色がかがやいた。

仁和寺の再興真新しいきらめくような山門をくぐって帰山した何十日か前の、青年修行僧道順ここに蘇る――

金右衛門の胸に響きわたるようにその思いは飛びこみ、思わず顔をほころばせた。

「しかし竹原は鄙《ひな》にござりますぞ」

金右衛門はふとわれに返って道順に言う。

「鄙の暮らしこそわたくしの望むところ」

「とは申されても、田舎と申すところは不便不自由なことのみ多いものでござる」

「それは申して下さるな、金右衛門どの。雨露をしのぎ一汁一菜がいただけて、お念仏が申されれば、それ以上望むことはござらぬ。わたくしはまだまだ修行が足り申さぬ。もっともっと学びたい」

「その辺のところはさっぱり分かりませぬが……。竹原の山里でお気に召すことがやっていただけまするよう、それがし全力をつくしまする」

不思議な縁であった。仏縁の妙きわまれりと言わねばならぬ。

金右衛門はひとりになって、そうひそかに呟いた。

岡田左馬之助に始まって金右衛門に受けつがれた仁和寺三男道順とのかかわり。その道順の長い仏道修行遍歴の旅の最終が、各宗各派を学んでのとどのつまりが、真盛の無欲《むよく》清浄《しょうじょう》専勤《せんごん》念仏《ねんぶつ》に落着いた。

金右衛門の生国の檀家寺の来福寺は、真盛上人入滅後二年の明応六年（一四九七）に建てられた天台宗真盛派のお寺である。

真盛・道順・金右衛門・来福寺――

一本の糸が連綿と天意による出会いの妙にあざなわれてつながってきたのである。

入定　道順

方針は決まった。

伊勢国《いせのくに》一志郡《いちしのこおり》竹原村《たけはらのむら》掛《かけ》ノ《の》脇《わき》へ行き、来福寺に入る。

今の道順に俗世の欲はない。俗人の欲はないことはわかっているが、僧職の人の世界にはそれなりの掟もあり、しきたりもあり、もろもろの綾模様がある。別の思いはあってもいい。金右衛門は最初、道順はそういう場の先頭に立って大きく羽搏《はばた》かねばならぬ人だと思っていた。

悔なきまでに話しあい、いたりついたところ、道順という人はよしあしにかかわらず、そういう世界とは無縁の人であることがわかった。最後二人して顔を見合わせ、そう断を下した。

金右衛門は最初ほとほと困惑した。しかし結局、道順は異類の世界の人であるということがわかった。自分の物差しをためつすがめつ、いかように使っても測れない人のいることを、はっきり知った。同じ世を、同じように生きていても、心の世界は覗けないものであることを初めて知ったのである。


慶安四年（一六五一）初冬。

雲台山金鷲院来福寺《うんたいさんこんしゅういんらいふくじ》。

裏の谷を渡ってくる風が、冬の到来を告げるころとなった。

あれからやがて一年。

草創以来百五十年を経て荒廃のはげしかったお堂は、ほとんど新築に近い補修を加えて、先ほど真新しく蘇った。道順と金右衛門重徳の念仏道場にかける熱い思いは、棟梁以下の働き手の心にもしみとおって、思いのほか速やかに完成へと漕ぎつけた。質素ながら道順の願う仏とともに住まえる場は、目にするところほとんど真新しく新装の香をただよわせている。

専門職は大工の棟梁と弟子二人、仕事の節目節目の大事なところでは金右衛門の手勢が二、三名加わり活気を加えた。地元の衆の二、三名はほとんど常時、材料運び、手間とりに奔走。もろもろの雑役は先手先手とこなされていくから、毎日毎日来福寺周辺には生気があふれ笑い声が飛び交っていた。

道順にとっても金右衛門にとっても、慶安四年（一六五一）という年は、忘れがたい年となった。来福寺開基の年、明応六年（一四九七）から数えて一五四年。従って再興なのだが、生新の気が全員にみなぎってきて、あたかも純然たる新発足の気分が寺域をおおうようにひろがっていく。しばらく無住をかこっていたせいもあるが、新しいお堂に道順が座ると、その背後から一種清冽の気がきらめくように放たれてきて、金右衛門以下いっせいに思わず歓びの声をあげる。

群鶏の中の一鶴——という感じの道順であることはみな知っている。氏も素性も育ちも、ともに並ならぬこのような方が、選りにも選り、どうしてこのような寒村に入ってきたか。自ら騒ぎ立てることなどするわけもなく、受ける側も授けられた奇瑞として、奇縁としておだやかにとらえているのである。

道順は来福寺の庭に立ち、脚下にひろがる里をあまねく見渡し、初冬の朝の大気を静かに吸いこむ。今朝の陽の光は思いのほか暖かい。

金右衛門の邸は、来福寺から見下す川向うの中原の里。すぐ上隣りの在所の小原には、左馬之助以来の同族がもう一戸居を構えており、ともに力を合わせて道順の晋山に力を尽くした。

なお、来福寺はこの時を遡ることおよそ百五十年前の草創以来、竹原の全集落に檀家をちりばめている。即ち小原・掛ノ脇・中原・瀬木・中野・宝生・持経である。全部合わせても百戸にほど遠い小規模な檀家群ではあるが、突然の来福寺再興の情報をきいて、黙然としてはいられない。みな勇み呼応した。従って作業は予想をこえる速さで進捗した。

追われてなどいないのに、追われているもののように自らを責めたてて、京をあとにしてきた自分であった。道順はそうふりかえる。漠然とかねて願っていた草庵が、このような形で見事に伊勢の山国に姿を現し、夢見るような念《おも》いでその主となった。小天地ながら初めてその上に足を据えて立つ身となった歓びに道順はこころ奮う。

やがてゆっくりと体をまわし、人家を抱きかかえるようにして連なっている山々に眼を移していく。山なみは迫っており高くはない。そして雲はばはあまり広くはない。しかし見渡すかぎりの山川草木山河大地、すべて限りなくすがすがしい。

道順は京の山々を思いだしてみる。仁和寺から見る西の山々――御室《おむろ》の山、嵯峨野、嵐山。全てわが幼い日の思い出をさそう。頭をめぐらせて遠く北山、東山にまで目を馳せれば、山なみは小刻みに表情を変え、それぞれにわが詩情をさそう。しかしもろもろの思い出は、もう今では茫々とした霞の中へ、融けこむように消え去っていこうとしている。わたくしは生きてふたたび、京の山々を見ることはないであろう。

年月はゆるやかによどみなく流れた。道順晋山いらい二十八年。知らぬ間に星は移り年は代わっていった。意外に早い金右衛門の死はあった。しかし他にさしたる異変はなく、道順の山家住まいはいつの間にか、それまでの前半生に近づいていった。

しかし、思いもよらぬ惨禍の嵐を、時に天は人の頭上に降らせる。そのような嵐が突如この里に襲いかかってきた。

延宝七年晩秋――この里の秋には珍しく、灰色の空の日がつづき、やがて霙《みぞれ》まじりの冷たい冬空の日が多くなった。何十年に一度、いや何百年に一度という凶運の星の下に、いまこの里はおかれていた。どうにも手の施しようのない疫病は、何十日前からか徐々に猛威をふるい、禍々《まがまが》しさを増し、とどまるところを知らない。

道順の肚はつとに固く決まっていた。すでに人身を超え心身ともに「定」に入り得る神人と化していた。村人に意を伝え、計を練り、実践に入っていった。

時に延宝七年（一六七九）十二月十四日。道順数え六十二歳。この日より入定、七日ののちご遷化。

嗚咽慟哭の日はつづき、村は蘇り、世に聖あるを人は知った。

道順上人入定の地の祠

〔参考〕

道順

道順法印大和尚　生盛上人

元和四年（一六一八）～延宝七年（一六七九）

第百七代後陽成天皇の第一皇子・覚親法親王（第二十一世仁和寺御室《おむろ》）の三男

岡田左馬之助輝長

岡田家家祖　法名　光泰院殿　前伊州足利　心峰清安大居士

元和四年戊午四月十四日没

岡田金右衛門重徳

左馬之助三男　法名　品林院殿性月盛宗大居士

明暦元年三月十四日没

関係系図

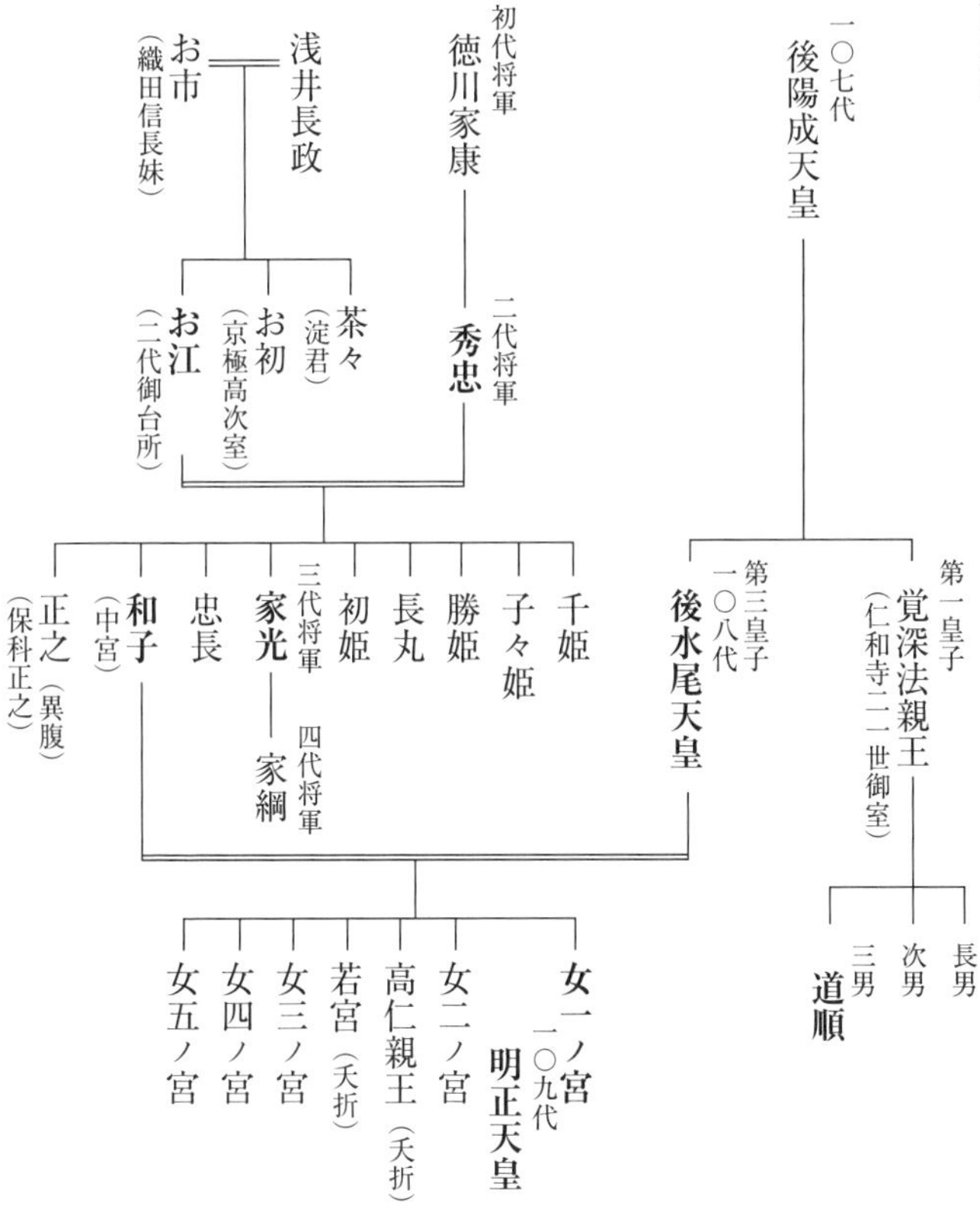
一〇七代
後陽成天皇
第一皇子
覚深法親王
(仁和寺二一世御室)
長男
次男
三男
道順
第三皇子
一〇八代
後水尾天皇
初代将軍
徳川家康
二代将軍
秀忠
浅井長政
お市
(織田信長妹)
茶々
(淀君)
お初
(京極高次室)
お江
(二代御台所)
千姫
子々姫
勝姫
長丸
初姫
三代将軍
家光
四代将軍
家綱
忠長
和子
(中宮)
正之(異腹)
(保科正之)
女一ノ宮
一〇九代
明正天皇
女二ノ宮
高仁親王(夭折)
若宮(夭折)
女三ノ宮
女四ノ宮
女五ノ宮

主な参考文献

「仁和寺資料」仁和寺管財課
『徳川実紀』吉川弘文館
『養源院の華　東福門院和子』柿花仄　木耳社
『物語日本の女帝』小石房子　平凡社新書
『日本の歴史16　天下泰平』横田冬彦　講談社
『逆説の日本史12』井沢元彦　小学館
『日本の歴史』石ノ森章太郎　中央公論社
『細川幽斎・忠興のすべて』米原正義編　新人物往来社
等

あとがき

古代の日本に、推古で始まり称徳で終る六人で八代の女帝の時代があった（二人は重祚）。日本史を学んだほとんどの人が知っている。しかし江戸時代の初期に女帝が誕生したことは、専門家以外にはほとんど知られていない。

筆者はたまたま十年ほど前に、明正天皇という女帝が江戸時代の初期に誕生していることを知った。菩提寺である来福寺（三重県津市美杉町竹原にある天台真盛宗の古刹）の何百年ぶりかの本堂新築落慶法要のために、記念の冊子をつくろうとしていたときのことである。

来福寺には中興開山と称えられている道順上人という聖があり、ある年地元に疫病がはやり、村が危うく絶えそうになったとき、仏天の加護をねがって生き身のまま入定し、村を救ったという言い伝えがあった。同寺に『道順上人由来記』というものがあり、それを調べていて、次のような言葉に出会ったのである。

「道順上人は仁和寺のご三男にして、若くして禁中につとめ帝に仕えられた……」

前後の年代により、この帝とは明正という女帝であることをわたくしは知った。大いに関心はうごいたが、この時点では、道順の出自がはっきり仁和寺とわかっただけで満足だったので、それ以上踏みこんでいかなかった。

興味関心の灯は、心の片すみで点ったまま何年かがすぎた。数年前、仁和寺から、貴重な資料をまた拝受することができた。これにより道順と後水尾ならびに女一ノ宮との関係を確定することができた。書く視座がこれにより定まり、大いに恩恵に浴した。

筆者の出発点は道順であった。行者道順、入定道順を思い描いているうち、その背後に菊と葵の血の相克の歴史があることが、徐々に鮮明に浮かんできた。

女帝の誕生は、徳川氏にとっては屈辱、敗北の証であって堪えがたかったが、万策つきて後水尾の前に屈した。菊と葵の相克は、血みどろの激闘というだけではない、「血」そのものを争う戦いであった。

女帝を誕生させて後水尾は徳川を完全に屈服させた。と見えたのは束の間のようなことで、葛藤はなおその後もつづく。明正のあとを継いだ後水尾の希望の星・俊才後光明の「謎の死」までは完全につづいていく。

あとがき

地元の一部にのみとどけたこういう物語の一端が、奇縁により東京神田ゆまに書房のお目にとまり、身をととのえ装いを新にして、全国の心ある方々にとどけていただけることとなった。これにまさる幸せはない。遠い山の彼方に去った女一ノ宮、聖・道順——この光景をいかがお眺めいただけるであろうか。

なお、参考文献に挙げた各著作には、大変助けられました。本文中に記した箇所もありますが、ストーリーを語る本書では、厳密な出典の掲示ができない場合も多く、この場にて各著作者への敬意と、心よりの感謝を申し上げげます。

二〇一二年六月

田中　剛

著者紹介

田中　剛（たなか・たけし）

1922年8月生まれ。

1943年学徒動員、舞鶴海兵団。

歴史作家。

住所　〒515-3201　三重県津市美杉町竹原436

ゆまに学芸選書

ULULA

6

菊《きく》と葵《あおい》——後水尾天皇《ごみずのおてんのう》と徳川三代《とくがわさんだい》の相克《そうこく》

2012年9月5日　第1版第1刷発行

［著者］　田中　剛

［発行者］　荒井秀夫

［発行所］　株式会社ゆまに書房

〒101-0047　東京都千代田区内神田2-7-6

tel. 03-5296-0491 / fax. 03-5296-0493

http://www.yumani.co.jp

［組版・印刷・製本］　新灯印刷株式会社

　ISBN978-4-8433-3941-1 C1321

……〝書物の森〟に迷い込んでから数え切れないほどの月日が経った。〝ユマニスム〟という一寸法師の脇差にも満たないような短剣を携えてはみたものの、数多の困難と岐路に遭遇した。その間、あるときは夜行性の鋭い目で暗い森の中の足元を照らし、あるときは聖母マリアのような慈愛の目で迷いから解放し、またあるときは高い木立から小動物を射止める正確な判断力で前進する勇気を与えてくれた、守護神「ULULA」に深い敬愛の念と感謝の気持ちを込めて……

2009年7月

株式会社ゆまに書房